KB234936

낯선 땅에서 홀로서기

나는 정말 한국 사람일까?

조월호 지음

낯선 땅에서 홀로서기

초판 1쇄 발행 2011년 7월 1일

지은이 조월호
편 집 기록문화
펴낸이 백승대
펴낸곳 매직하우스
본문 삽화 이기형
본문 디자인 양선애
출판등록 2007년 9월 27일 제313-2007-000193
주소 서울시 마포구 서교동 393-5 화승리버스텔 1005호
전화 02)323-8921
팩스 02)323-8920
이메일 magicsina@naver.com

ISBN 978-89-93342-22-2 03810

낯선 땅에서 홀로서기

뿌리가 흙에서 뽑히면 어쩐당가?

최해숙 | 기쁜어린이도서관 관장

"진주, 너의 엄마 이름이 뭐지?"

"조월호."

"그래? 네가 조월호의 딸이란 말이지? 내가 알기로 조월호의 딸은 절대 그런 일로 징징거리지도 기죽지도 않는 걸로 알고 있는데….."

부럽다. 그 당당한 모습. 조월호는 평생을 살면서 그 배짱과 자존감으로 살아왔다.

자기 창고에 보물을 쌓고, 쌓고 또 쌓느라고 그런 배짱을 부렸으면 진작 신의 눈에, 사람 눈에서 벗어나 버렸을 것이다. 그러나 그녀는 나누어 주고 함께 살아가느라고 아낌없이 뿌렸다. 새벽 4시, 어두운 새벽길을 달려 출근해서 바느질을 한다. 그렇게 번 것을 아낌없이 나누면서 살고 있다. 애초에 그는 그렇게 살도록 선택받은 목숨일 게다.

그녀가 세상풍조를 따라갔으면 부자(?)가 되어 있을 수 있겠

지. 그러나 그녀는 행복한 사람은 되지 못했을 거다. 그녀는 혼자 잘 먹고 잘 살면서 마음 편하게 살 수 없는 사람이다. 도움을 청하는 이가 찾아왔을 때 자기 수중에 한 푼 없어 거절했다가 밤새 자지 못하고 괴로워하던 중 결국 친구에게 꾸어서 갖다 주었다지 않은가? 조월호는 지금 행복을 만끽하고 있다. 보라, 그 자유로움을. 그는 그리스 작가 니코스 카잔차키스를 참 많이 닮았다. 자유로운 영혼, 생명에 대한 뜨거운 사랑이….

지난 2008년 그녀가 비행기 표를 사서 보내며 나를 초대해 주어 사는 곳에 갔다. 마침 주말이어서 교회에도 갔었다. 첫날은 그가 일하는 가게에서 하루를 보냈다. 찾아오는 손님들과 수다를 떨면서 나누는 농담을 듣고 놀랐다. 미국에서 살아가기 위해서 미친 듯이 영어공부를 했다는 이야기를 듣기는 했지만, 그렇게 거침없이 농담까지 맞받아 가며 할 수 있을 정도라는 것은 상상하지 못했다. 자랑스러웠다. 내 목에 자꾸 힘이 들어갔다.

월호는 미국인 교회를 다니고 있다. 주일 예배를 마치고 교인들을 집으로 초대해서 낮밥을 함께 먹었다. 전날 밤늦게까지 준비하더니 상차림이 푸짐했다. 이야기를 들어 보니 음식만 대접하는 게 아니라 아예 교인들의 삶을 돌보고 있다. 아니, 멤피스에 사는 사람들을 섬기고 있다. 이보다 더한 나라 사랑, 외교가 어디 있겠는가?

남의 나라에 가서 오히려 그들을 도와주며 주인 노릇을 하고 있다. 코리아에서 온 조그만 여자가 올해의 여성으로, 미국에서 거인으로 살고 있었다. 그녀가 베푸는 많은 선한 일 가운데서 가장 마음을 감동케 한 것은 '소녀들의 날'이다. 최근에 우리 도서관에서는 〈아이들은 놀기 위해 세상에 온다〉를 쓰신 편해문 아저씨랑 한바탕 신나는 놀이마당을 펼쳤다. 끝이 보이지 않는 경쟁 교육에 내몰리고 있는 불쌍한 우리 아이들의 숨통을 터 주고 행복해 하는 모습을 보고 싶다. 달마다 '소녀들의 날'을 펼치는 할머니가 마을마다 한 분만 계셨으면 학교보다, 도서관보다 더 소중한 곳이 될 텐데….

내가 그녀에게 처음 매력을 느낀 사건을 독자들과 나누고 싶다. 나와 그녀가 오산 미공군기지 안에 있는 미국은행에 다니고 있을 때였다. 어느 날, 그녀는 집에서 걸려온 전화를 받았다. 갑자기 큰소리로 울기 시작했다. 그 소리는 마치 덫에 치인 짐승이 울부짖는 것 같았다. 놀란 나는 그녀에게 달려가 웬일이냐고 물었다. "진주가 뜨거운 물에 데었대요."

우리는 고향도 같고 종교가 같아서였을까. 다른 동료들보다 가깝게 지냈다. 그녀에게 입양한 딸아이가 있다는 이야기도 들어서 알고 있었다. 그 사건은 내게 큰 충격이었고, 그녀를 그 이후부터 지금까지 사랑하며 귀하게 여기게 된 매듭 역할을 하고 있다. 식을 줄 모르는 그녀의 그 신비스러운 생명에 대한 뜨거운 사랑의 힘은 어디서 오는 걸까?

난 그녀에게 이 자리를 빌려 말하고 싶다. "넌 여전히 자랑스러운 한국의 가시내다. 나무는 뿌리가 뽑히면 죽어. 넌 해남부대 친구들을 그리워하다 돌아올 영원한 우리의 친구 전라도 가시내지."

내 일상을 흔들어 깨운 작은 거인

김민희 | 작가, 요가 강사

내가 조월호 씨를 처음 알게 된 것은 1986년 한국일보 여성 수기 당선작 발표 때였다. 그 당시 나는 〈동생이 안겨준 선물〉로, 그는 〈뿌리〉라는 글로 같이 우수상을 탔다. 신문의 한 페이지에 가득한 그의 글을 읽으면서 나는 「걸리버 여행기」를 읽는 듯한 놀라움과 흥미를 느꼈다. 세상에 이렇게 사는 사람이 다 있구나! 낯선 미국 땅에 가서 생활한다는 것만 해도 힘들텐데 그 동네 은행을 찾아가서 당당히 자기소개를 하고 또 그로 인해 취직을 하는 등 생활 한 장면 한 장면이 내게는 충격이었고, 신기하기만 했다. 그 감동을 적어 편지를 보낸 것이 우리의 펜팔 시작이었다.

그렇게 사귄 지 얼마 안 되어 그가 내게 무슨 색깔을 좋아하냐고 물어왔다. 나는 편지 말미에 "아! 무슨 색이랍니다" 하고는 잊고 있었는데, 그해 성탄절 초록색 블라우스가 도착했다. 단추까지 같은 천으로 꼼꼼히 싸서 만든, 한눈에 보아도 정성이 많이 든 그 블라우스를 받고 너무나 놀란 기억이 생생하다. 어쩌면 그렇게 사이즈도 잘 맞게 만들었단 말인가. 그뿐이 아니라 직접 만들어 구운 초콜릿 쿠키를 상자 가득 보내 와 우리를 놀라게 한 적도 있다. 미국에 친지가 많이 있지만 그런 선물은 처음이기에 우리 집에서 그는 유명인이 되었다. 그는 계속 나를 놀라게 했다.

철철이 가족신문 〈진달래〉를 보내 주고, 편지는 또 얼마나 자주 오는지. 눈이 오면 눈이 온다고, 비가 오면 비가 온다고, 꽃이 피면 꽃이 피었다고 중계 방송하는 그 열정에 놀란 적이 얼마나 많은가. 어쩌면 이렇게 유난스럽고 호들갑스러울까 한 적도 있지만, 그 편지들이 늘어져 있던 내 일상을 흔들어 깨운 적 또한 수없이 많았다는 것을 아프게 고백한다.

편지봉투의 그 유려한 영자 필기체는 한국인뿐만 아니라 미국인들도 한번 보면 깜짝 놀란다는 이야기를 들었다. 나는 그 예쁜 글씨가 너무나 부러워서 배우기로 했다. 그가 나에게 영어로 편지를 써서 보내면 그대로 보고 연습했다. 한글 글씨 잘 쓴다는 말을 평소에 듣던 나는 며칠 동안 그 원본을 대고 연습한 후 잘된 것 같아 한 장 베껴서 보냈다가 얼마나 야단을 맞았는지 모른다.

"지금 그걸 글씨라고 보냈나요?"

언젠가 조월호 씨가 한국에 왔을 때, 바로 다음날 우리 집을 찾아왔다. 나는 또 놀라서 "아니, 시차에 적응하려면 며칠 걸린다던데" 하자 그는 아무렇지도 않게 대답했다.

"비행기에서 내린 곳이 낮이면 나도 걸어 다니고, 밤이면 나도 자면 되더라니까요."

1986년, 한국일보 수기 공모에 당선된 〈뿌리〉를 읽은 사람들은 궁금할지도 모른다. 25년이 지났는데 그 사람은 어떻게 살고 있을까? 그 질문에 대한 답이 바로 오늘의 이 책이다. 미싱의 '미' 자도 모르던 이가 옷을 수선하고 만들기까지 하면서 돈을 벌어 작은 빌딩까지 갖게 되었고, 요리하기 좋아하는 취미를 살려 자신이 출석하는 미국교회의 온 교인을 정기적으로 집에 초대해서 한국의 김치까지 좋아하게 만들었다.

또한 한국인들이 이민 와서 겪는 어려운 일들, 교통사고와 세금문제, 장례식, 결혼식, 보험처리까지 솔선해서 도와준다. 교회에선 '시스터 조' 하면 남녀노소 즐거워하고, 법원에선 변호사라는 애칭으로 불린다는 그의 삶이 이 책에 고스란히 들어 있다.

내가 꿈꾸는 열정적인 삶을 대신 살아 주고 있는 듯한 조월호 씨. 그가 노래도 잘한다는 것을 최근에야 알았다. '나그네'라는 장사익의 노래를 들을 때면 "진짜 당신 대단하구려" 소리밖에 안 나온다. 평생 나를 괴롭혔던 그를 향한 질투심과 열등감은 이 책을 읽으면서 스르르 녹아 버렸다. 영어 글씨 하나 쓰는 데도 치열한 노력이 숨어 있는 그 삶의 비밀을 알게 되었기에.

존경하는 월호 씨! 월호 씨를 존경하는 사람이 어찌 나 하나뿐일까. 이 책을 읽는 수많은 이들이 분명 나와 같은 마음이 들 것이다. 또한 미국 테네시 주 멤피스라는 미지의 세계에서 마음

껏 날개를 펴고, 뭇 사람의 삶을 리드하고 있는 멋진 삶의 소유자를 만나는 기쁨도 누리시리라 확신한다.

나는 평생 살아오면서 이렇게 발이 크고 오지랖이 넓으며 요리와 뜨개질까지 잘하는 사람을 본 적이 없다. 작은 거인이란 바로 그를 가리키는 말이다. 그와 친구라는 사실이 세월이 갈수록 더 고맙고 감사할 뿐이다.

"월호 씨! 사랑합니다. 그리고 회갑을 축하합니다. 앞으로 칠십, 팔십 이후에도 더 재미있는 이야기를 들려주세요."

삶의 흔적을 남긴다는 것

왜 그 여인을 생각했을까요? 예순이라는 나이 앞에 서서 왜 나는 하필 그 사람을요. 도대체 언제 어떻게 내가 회갑이라는 말을 입에 담게 되었나, 하면서 가장 먼저 그 여인을 떠올렸습니다. 5년 전, 마흔일곱이란 젊은 나이에 간암으로 죽어간 그녀는 왜 회갑을 맞아 아무렇지도 않은 척, 전혀 허무하지도 슬프지도 않은 척 애써 안간힘을 쓰고 있는 나를 불쑥 찾아왔을까요? 정말 알 수 없습니다.

새벽부터 밤까지 열심히 일만 하는 것도 모자란 듯 문제들을 안고 찾아오는 사람들을 몇십 년 만에 만난 친구라도 되는 양 반갑게 맞아 발벗고 나서서 다 해결해 주면서 일벌처럼 바쁘고 정신없이 살아온 죄밖에 없는데, 내가 어쩌다가 여기까지 오게 되었는지 모르겠습니다.

그런데 말입니다. 무엇보다 황당한 것은 그렇게 어이없이, 선택의 여지도 없이 회갑을 맞으며 제일 먼저 글을 쓰고 싶다는 생각을 한 것입니다. 책을 내고 싶었습니다. 영변 약산 진달래꽃 아름 따다가 님 가시는 길에 뿌린들 소월이 될 수 없고, 장미가시에 찔려 피가 뚝뚝 흘러 떨어져도 내 이름이 릴케가 될 리가 없을 것이며, 하얀 원피스를 입고 호주머니에 연필과 종이를 넣어두고 꽃밭에서 풀을 뽑아도 나는 결코 시인 에밀리 디킨슨도 될 수가 없습니다.

더구나 책을 낸 지 20년도 넘었습니다. 그래도 쓰고 싶었습니다. 친하게 지내는 한 친구에게 책을 내고 싶다고 했더니 "왜 잘나가다가 느닷없이 책 타령이야?"라고 묻더군요. 그래서 그 친구에게 일장연설을 했습니다. "느닷없는 것이 아니다. 시간이 없어서 엄두도 못 냈지만 쓰고 싶은 마음은 한순간도 잊은 적이 없다. 넌 흔적이란 것도 모르냐? 사람이 이 땅에서 살 날이 다 되어 떠나야 할 때 그 어떤 흔적이라도 남기고 싶지 않으냐?"고 언성을 높였습니다.

그렇습니다. 이제 서서히 흔적을 남길 시간이 된 것 같습니다. 가슴이 풍선처럼 '툭' 소릴 내며 터질 것 같은 기쁨도, 심장이 송곳에 찔린 듯 아픈 일도, 울어도 울어도 눈물이 마를 것 같지 않는 슬픈 일도 다 쓰겠습니다. '흔적'이란 조그만 상자에 담아 남겨 놓고 싶습니다. 설령 그것이 치부를 드러내는 부끄러운 일이거나 엉엉 울고 싶어지는 기억이라 할지라도 쓰고 싶었습니다.

아, 꼭 써야 할 그럴 듯한 핑계가 또 있습니다, 우리 엄마가

책 낸다고 팔짝팔짝 뛰며 기뻐해 주는 내 딸 진주를 위해서, 나를 사랑하고 아껴 주는 친구들과 가족을 위해서 얼굴을 철판으로 가리고 책을 냅니다.

게다가 기꺼이 책을 만들어 주신 기록문화 윤필교 대표님, 독자와 만나도록 다리를 놓아 주신 매직하우스 백승대 대표님, 격려와 사랑으로 팍팍 밀어 주신 최해숙 사모님, 감동쟁이 김민희 사모님, 그리고 몹시 바쁠텐데 삽화로 기꺼이 참여해 준 우리 형아, 사진을 찍어 주신 랜튼 아저씨, 이모에게 글을 쓸 수 있는 공간으로 총각 냄새가 풍기는 방을 기꺼이 내준 세환이, 모두 고맙습니다. 고맙습니다.

멤피스에서

조월호

차례

내 인생의
터닝 포인트

1

한 남자의 죽음

월요일은 가장 바쁜 날이다. 주말에 쇼핑해서 산 옷을 수선하기 위해 아침 9시에 가게 문을 열자마자 손님들이 줄을 지어 들어오기 때문이다. 미국인들은 대부분 반 인치만 크거나 작아도 반드시 옷 수선 집에 맡겨서 고쳐 입기 때문에 부자동네에 자리 잡은 우리 가게는 늘 붐비는 편인데, 월요일은 더욱 바쁘다. 부잣집 마님들은 주로 주말에 쇼핑을 하기 때문이다. 딸아이 진주가 울면서 전화한 것도 그런 월요일 오후 세시였다. 울면서 아버지의 죽음을 알려 온 것이다.

아주 오래 전에 내 남편이기도 했던 그 남자와 함께 진주를 입양하면서 행복했던 시간들도 있었다. 그와 남남이 된 지 21년 만에 사망 소식을 들었다. 우선 딸아이를 달래 놓고 즉시 비행장으로 가라고 했다. 미국에서는 직계 가족이 죽으면 비행기 표를 즉시 살 수 있도록 배려해 주는 법이 있다. 모든 법적인 절차를 진주가 밟아야 하기 때문에 내가 곁에 있어야 하는 것은 기정사실이었다. 진주는 비행기를 타고 리틀록 공항에 도착했다. 나는 진주가 시카고를 출발한 시간에 멤피스를 출발하여 자동차로 그 공항까지 가서 아이를 태우고 두 시간 반을 운전해서 그가 살던 곳 워렌으로 갔다.

한때 내가 2에이커의 넓은 뜰에 꽃을 심고 커튼을 만들어 걸던 크고 아름다운 집이었는데, 오랜 세월이 지나 많이 낡은 모습이었다. 딸아이는 내 기분을 배려해서 호텔로 가라고 했다. 하지만 "내가 너랑 있어 주려고 왔는데, 무슨 호텔이냐. 난 아무렇지도 않다"고 말했다. 사실이 그랬다. 슬프거나 우울하기엔 너무 긴 시간이 흘러가 버렸다. 까마득한 옛날에 외할머니가 들려주시던 옛이야기인 듯 그 어떤 특별한 느낌도 없었다.

이튿날 장의사로 갔다. 장례 절차 등을 의논하기 위해서였다. 진주는 계속 울먹이면서 힘들어했다. 그런 아이를 다독거리면서 나는 정말 잘 갔다고 생각하며 아이의 손을 잡고 모든 절차를 밟아 주었다. 관도 평소에 고인이 좋아했던 참나무로 했고, 장례식 시간도 사람들이 오기 좋게 오후 두시로 결정했다. 장의사 직원의 말에 의하면 3년 전에 고인이 와서 장례비용을 지불하면서 장례식 절차까지 자세히 일러주는 과정에서 슬하에 무남독녀 진주뿐이라고 했단다.

분명 첫 번째 부인과 3남매를 두었고 내가 그와 함께 살 때 매월 양육비를 보냈던 기억이 생생한데, 그는 그 아이들을 기억하기조차 싫은 모양이었다. 물론 그는 좋은 아버지나 좋은 남편과는 거리가 너무나 먼 사람이었다. 자녀들에게서 연락도 전혀 없고 아버지가 전화하거나 찾아가도 전화를 받지 않은 것은 물론 문도 열어주지 않았다. 때문에 그에게는 자식들이 그저 상처나 슬픔, 혹은 분노로 남아 있었을 것이다.

진주는 다행히도 성경에 "네 부모를 공경하라"고 했지 "부모가 나쁜 짓하면 공경하지 말라"고는 안 씌어 있다면서 그가 아프거나 교통사고가 났을 때도 정말 극진히 보살폈다. 그런 딸아이를 지켜보면서 내가 깨달은 점이 크고, 부끄럽기까지 했다. 나는 결코 그리 못할 것 같아서다. 못된 짓은 물론 학비, 양육비 한 푼도 주지 않고 오로지 자신밖에 모르는 이기주의자 아버지께 나는 결코 그렇게 잘할 수 없음을 알기 때문이다.

장례식은 그가 죽기 전 3년간 다녔다는 교회의 목사가 맡아주었다. 가족실에는 진주와 사촌 서너 명 그리고 고인의 여동생, 또 진주 옆에 앉아 진주 손을 잡고 앉아 있는 나뿐이었다. 자식들은 오지도 않았고 전화도 없었다. 장례식장에는 그가 다니던 교회의 교인들과 이웃집에 사는 부부, 정년 퇴직하기 전에 함께 일했던 사람 몇 명밖에 없는 썰렁한 분위기였다.

나는 인생을 정말 바르게 살아야겠다고 생각하며, 주위 사람에게 상처를 주지 않는 생활을 해야겠다고 다짐했다. 장례식 설교 중에 목사는 고인이 죽기 얼마 전에 목사관으로 찾아왔던 이야기를 했다. 그는 "진작 주님께 돌아왔다면 많은 사람들에게 상처와 슬픔을 덜 주었을텐데 너무 후회가 된다"면서 울먹였다고 했다.

그 말을 듣고 나서 마지막으로 가족실 앞에서 관을 열고 고인의 얼굴을 보여 주는 순서에서 한 낯선 남자가 누워 있는 것을 보았다. 참 평화스럽고 고통이 없는 편안한 얼굴이었다. 혹시 남아 있을지도 모르는 미움과 증오를 포함한 모든 감정을 흘려 보냈다.

　마음이 평온해지면서 다시 한 번 오기를 잘했다고 생각했다. '내가 그 사람과 결혼하지 않았다면 내 삶의 이유인 진주를 어찌 만났겠는가' 하는 생각에 미치자 오히려 그에게 고마움을 느꼈다. 조용히 잘 가라고 인사했다. 장지에 도착하니 이미 공군 위병들이 와서 기다리고 있었다. 제대 군인인 그가 공군장을 원했기 때문이다. 아주 엄숙하고 근사한 절차를 밟은 후에 한 사병이 관에 덮여 있던 성조기를 잘 접어서 진주에게 건네주며 무릎을 꿇고 진주 앞에 앉아 "미 합중국 대통령 각하와 육해공군 참모총장을 대신하여 고인의 가족에게 삼가 조의를 표합니다"라고 말했다.

　집으로 돌아와 구석구석 치우면서 아직 남아 있는 나 자신의 흔적을 보았다. 그와의 13년간의 결혼생활과 홀로서기 21년, 어디로 가버린 걸까? 시간을 붙잡을 수는 없을까? 인생이란 행여 허무, 그뿐일까? 한 남자의 죽음 앞에서 자신을 가다듬고 삼분의 일쯤 남아 있을 것 같은 내 인생을 잘 살아야겠다는 다짐을 하고 이제 아버지가 없이 엄마만 바라보아야 하는 진주를 더욱더 아끼며, 사랑해야 한다는 결론을 내렸다. 한 남자의 죽음, 분명히 나에게는 많은 교훈을 남겨 준 사건이었다.

미국행 비행기

이 글을 읽는 사람들 중에는 내가 1977년 7월 1일이라고 하면 아마 석기시대처럼 까마득한 옛날이라고 생각하는 사람들이 있을 것이다. 그때 아직 태어나지도 않았을 사람도 있을 것이다. 그날은 내가 태어나 처음으로 비행기를, 그것도 미국행 비행기를 탔던 날이다. 그 무렵에 나는 많이 아팠다. 식구들이나 친지들에게 나는 콧구멍만 빼 놓고 안 아픈 데가 없는 아이로 통했다. 폐결핵에 걸려 방 하나 정해 놓고 밥그릇도 따로 소독해서 써야 할 만큼 악화된 상태였다. 어떤 이웃 아주머니가 자기 딸도 그런 경험이 있다면서 폐결핵에는 뱀밖에 약이 없다고 했다. 그러자 우리 엄마는 딸이 죽는 것보다 낫다는 생각으로 그리하겠다고 하셨다. 나는 그때 차라리 죽겠다고 했다. 뱀을 먹어가며 낫고 싶지도, 살고 싶지도 않다고 고집을 부렸다. 국이나 한약 등 무엇이든지 액체면 뱀 달인 물일까 봐 먹지 않았다.

게다가 결핵성 늑막염이 겹치면서 한여름에도 뜨거운 방바닥에 허리를 대고 땀을 뻘뻘 흘리면서 잤다. 갈비뼈 안쪽에 생긴 물주머니에서 마취도 없이 손가락만큼이나 굵은 주사 바늘로 물을 빼기도 하고 참 별의별 일을 다 겪었다. 요즘은 의술이 발달해서 그런 일이 없겠으나 지금부터 40년 전이니 나쁘게 표현하자면 무식한 방법들이었다.

　그 몸으로 아이는 가질 생각도 하지 말라고 했다. 그때까지 혈액형이 B형인 줄만 알았는데, 처음으로 RH- B형이라는 것을 알았다. 2백만 명에 한 사람이라고 주장하는 학자들이 있을 만큼 희귀한 혈액형이다. 그러니 같은 혈액형이 아닌 사람과 결혼하여 아기를 가지면 정상적인 아기가 태어날 확률이 작기 때문에 아예 아이는 갖지 않는 것이 좋다고 했다. 물론 허리 때문에 임신해도 열 달을 누워서만 지내야 한다면서….

　그렇게 내 몸 구석구석에 고장이 날 무렵 친구가 부탁한 통역을 해주면서 미공군 중사를 만났다. 그는 미국에는 의술이 발달하여 얼마든지 치료받고 완쾌될 수 있다면서 걱정하지 말라고 했다. 자기와 결혼해서 미국시민의 가족 자격으로 도미하자고 했다. 그 당시만 해도 미국 입국 비자를 받으려면 지정된 병원에서 신체검사를 받아야 했다. 그 결과와 엑스레이 사진을 밀봉한 채 미대사관으로 가지고 갔다. 그때 대사관 직원이 그것들을 개봉하여 깨끗해야만 비자 발급을 받을 수가 있었다. 그러나 미국시민, 특히 군인 가족은 무조건 통과였다.

　나는 그때 이미 미국입국 비자 신청에서 탈락된 경험이 있었다. 미국에 살고 있던 언니가 뉴욕시립치과대학에 원서를 내주고 학비까지 대주기로 했다. 입학 허가도 받았고 토플 시험에도 합격했는데 엑스레이 사진을 보니 폐에 구멍이 뚫렸다고 병이나 고

치라며 탈락시켰다. 그런 경험이 있었기 때문에 내가 살 수 있는 방법은 그 군인 아저씨 의견에 따르는 길밖에 없었다.

결국 나는 지금은 고인이 된 그 사람과 결혼했다. 참 말도 많았다. 특히 그때 나는 한 남자와 사귀고 있었다. 결혼을 전제로 만났고 양가 가족도 으레 우리는 부부의 인연을 맺을 것으로 알고 있었다. 그러나 그 집에서는 내가 아이를 가질 수도 없고, 일도 할 수 없으며, 콧구멍만 빼고 다 고장 난 상태라는 것을 알고 펄펄 뛰었다. 심지어 그 사람의 어머니는 "내 눈에 흙이 들어가기 전에는…" 운운하며 결사반대를 했다. 한때는 나를 며느리가 될 아이라고 예뻐해 주셨는데, 아이를 낳을 수 없다는 말에 돌변해 버린 것이다. 그래서 그 사람과 그의 가족을 깨끗이 떠났다. 그리고 마음씨 좋은 공군 아저씨를 택했다.

나는 자존심이 크게 상했지만 살고 싶었다. 그래서 서둘러 결혼했다. 그리고 진주를 입양하게 되었다. 모든 일이 참 빠르게 진행되었다. 송탄에 살면서 군인 가족 자격으로 미 공군 부대에 있는 미국은행 Bank of America에서 근무하기도 했는데, 그때 나는 내 일생에 가장 소중한 친구(감히 친구라고 하고 싶은)를 만났다.

최해숙 사모님. 때로는 언니처럼, 어머니처럼 변함없이 오늘까지 나를 사랑해 주시고 아껴 주시는 분이다. 안팎으로 모두 아름다운 분이다. 지금은 수년째 평택 기쁜어린이도서관에서 관장으로 봉사하시면서 어린이, 어른 모두에게 동화를 읽어 주시는 영원한 소녀 할머니다.

　모든 아름다운 추억, 슬픔, 아픔을 뒤로 하고 미국행 날짜가 정해졌다. 그 소식을 들은 해남부대 용사들인 친구들이 떼 지어 몰려 와서 송탄에서 일주일 이상을 나와 함께 지내면서 결혼 축하 겸 출국을 아쉬워해 주는 파티를 했다. 무엇보다도 건강이 회복되기를 염원해 주었다. 정말 고맙고 잊을 수 없는 사랑하는 내 친구들이다. 그렇게 시간은 시위를 떠난 화살이 되어 휙 소리를 내며 지나갔다. 1977년 7월 1일, 노스웨스트 미국행 비행기를 탔다. 생후 18개월 된 딸 진주를 안고 마음씨 좋은 아저씨의 손을 꼭 잡은 채 살기 위해서, 살고 싶어서….

영어야, 꼼짝 마라!

1977년 7월에 미국 땅을 처음 밟을 때 나는 사실 영어 걱정을 별로 하지 않았다. 한국에서 미국은행에 근무한 경험이 있고 회화에는 어느 정도 자신감을 갖고 있었기 때문이다. 그런데 그 자신감이 얼마나 어리석은 자만심이었던가. 한국에서 했던 영어와 미국에 와서 부딪쳐 본 영어는 전혀 달랐다. 미국은행에서는 한국 직원에게는 천천히 그리고 쉽고 간단한 말을 해주었기 때문에 별로 불편하지 않았다. 그런데 미국에 와 보니 반 이상은 알아들을 수가 없었다. 쇼핑을 가도 눈치작전이었다. 사람들이 말을 걸어오면 몇 번씩 물어보거나 좀 천천히 말해 달라고 부탁할 때도 있었다. '이것은 아니다' 싶었다.

미국 온 지 2년이 조금 지나서 나는 팔을 걷어붙였다. 이유가 어찌됐든지 내가 남의 나라에 와서 살기로 했으니 적응해야 할 쪽은 바로 나지 이 나라가 아니지 않은가. 무시당하거나 인종 차별을 받는 것이 억울하면 실력으로 맞서서 이겨야 한다는 결론을 내렸다. 그렇다고 구체적인 방법이나 계획이 서 있는 것은 아니었다. 아무튼 실력을 쌓자는 데 생각이 미쳤다.

나는 가장 먼저 한국 신문 보는 것을 그만두기로 했다. 그리고 한국 노래는 듣지도 부르지도 않았다. 닥치는 대로 영어 책을 읽었다. 그냥 읽는 게 아니라 큰소리로 읽되 대화체로 읽었다. 운전하면서도 도로변의 교통 표시판이나 속도제한 표시, 길 이름 등을 소리 내어 읽고 약자로 되어 있는 것을 풀이해서 큰소리로 읽었다. 그래도 영어 실력은 내가 만족할 만큼 늘지 않았다.

그래서 라디오와 텔레비전 쪽으로 눈과 귀를 돌렸다. 라디오 방송국 중 24시간 뉴스만 들려주는 곳이 있는데, 그 방송을 틀어놓고 들으면서 따라 하기 시작했다. 물론 텔레비전에서 나오는 말은 무조건 따라 했다. 처음에는 한 문장에서 한 단어만 겨우 알아듣고 따라했는데 계속하니까 두 단어, 세 단어로 점점 늘어났다. 라디오 뉴스가 텔레비전에서 나오는 대화보다 훨씬 따라 하기 힘들었다. 그래도 포기하지 않았다. 노래도 들으면서 미국 노래만 따라 불렀다. 그것도 쉬운 일은 아니었다.

그렇게 미친 듯이 "미국에서 살려면 실력을 쌓아라" 하고 외치며 영어를 배웠다. 알칸소 주립대학에 들어가 야간에 강의를 들었다. 민법, 상법, 형사법을 닥치는 대로 듣고 떠들어 대며 잘난 척했다. 특별한 전공은 없이 회계학, 은행경영, 정말 별의별 것을 다 배우고 심지어는 웅변도 배웠다. 뭐든지 필요한 것은 다 들으며 따라서 중얼거렸다. 영어에 미친 지 3년쯤 지나니까 가끔 사람들이 혹시 미국에서 태어났냐고 묻기 시작했다. 귀가 좀 트이고 회화가 차츰 수월해지면서 글씨 쓰기를 연습했다. 회화뿐만 아니라 쓰는 것도 잘해야겠다는 생각이 들었기 때문이다.

은행에서 일하면서 수표에 멋진 글씨체를 보면 복사해서 집에 가지고 가서 얇은 종이를 위에 두고 본을 떠가며 쓰기 연습을 했다. 식당에 가게 되면 음식을 주문해 놓고 기다리는 동안 냅킨 위에 글씨 쓰는 연습을 했다. 정말 미친 사람 같았다. 성경도 영어성경을 읽었다. 현대영어가 아닌 구어체로 된 것을 똥 마려운 사람처럼 끙끙거리며 뒤틀면서 읽고 또 읽었다. 이해할 수 있을 때까지 읽었다. 전문 지식을 읽을 때 모르는 것이 있으면 그 분야의 사람들에게 물어봤다. 미국 사람들의 장점은 모르는 사람, 부족한 사람들에게 친절한 점이다. 더구나 자기 분야에 대해 호감을 가지고 질문하면 오해할 만큼 친절하게 설명해 주면서 도와주었다.

그러다 보니까 각계각층 사람들을 많이 만나게 되었다. 그들이 여기저기에 나를 소개를 해주어서 멤피스 시장에게 파티 초대도 받게 되었다. 언어, 법, 문화 등 미국 사회에 파고 들어갔다. 상공회의소에도 무료로 통역해 준다고 지원서를 넣는가 하면 미적십자, 은행, 학교, 법정 등 닥치는 대로 통역을 해주겠다고 이름을 올려 두었다. 그렇게 오지랖을 넓혀 태평양을 덮을 만큼 될 무렵, 점점 자신감이 생기기 시작했다. 이제 나는 인종 차별이나 단지 피부 색깔이 누렇다고 깔아뭉개려는 사람들 따위를 겁내지도, 기죽지도 않는다. 그리고 슬프게도 나는 점점 미국 사람이 되어갔다.

내 이름은 이혼녀

　　　　　아주 오래 전에 CD나 DVD 같은 것은 들어 보지도 못했던 시절이 있었다. 그때는 카세트테이프에 노래를 녹음해 듣는 것이 최신식이었다. 그때 한 친구가 내게 대중가요를 몽땅 녹음해서 보내 주었는데, 그때부터 지금까지 따라 부르는 노래가 있다. 전곡을 알지도 못하고 알고 싶지도 않지만, 그 노래 중 두어 구절이 맘에 들었다. "이별은 슬프지 않아. 슬픔은 참을 수 있어. 하지만 홀로 된다는 것이 나를 슬프게 해." 그 노래를 부른 가수 이름도, 작곡한 사람도 모르지만 '홀로 된다는 것'이라는 대목이 가슴을 후비곤 했다.

　　별로 슬프지도, 슬플 시간도 없이 바쁘게만 살았는데, 왜 그 애절한 목소리의 남자가수가 그 노래를 부를 때 "하지만 홀로 된다는 것이 나를 슬프게 해~" 그 부분을 인상 쓰며 슬픈 표정으로 따라 부르곤 했을까? 그 노래 가사처럼 홀로 된 지 25년이 다 되어가는데, 지금도 혼자 운전할 때, 샤워할 때, "하지만"부터 "슬프게 해"까지 불러댄다. 마치 아직 혼자가 되어가는 중인 듯, 아니면 얼마 후에 혼자가 될 사람인 듯이….

　　미국에서는 이혼하는 부부가 네 쌍 중 세 쌍이니 세 쌍 중 두 쌍이니 하며 떠들고 있다. 어떤 사람들은 아예 이혼 방지책으로 결혼하지 않고 동거만 한다. 아이들의 대화를 들어 보면 '우리 엄마의 남편, 아빠의 아내, 엄마의 전남편의 아내, 아빠의 전처의 남편' 등의 말을 아무렇지도 않게 사용하고 있을 정도다.

내가 13년의 결혼생활을 끝내고 진주를 데리고 이삿짐 트럭에 책과 꽃나무, 진주 피아노만 싣고 멤피스로 왔을 때 만 서른일곱 살이었다. 인구 오천 명의 시골에서 남편 그늘 아래서만 살다가 홀로 독립해 미국생활을 새로 시작하게 된 것이다. 그때는 자동차에 가스 넣는 방법도 몰랐다. 그 누구의 도움도 없이, 그 누구에게도 기대지 않고 앞만 보고 달리기 시작했다.

그때는 참 울기도 많이 울었다. 교통사고 났을 때 보험이 없다고 하니까 경찰이 "남편이 뭐하는 사람인데 아내가 보험도 없이 운전하게 하느냐"고 물을 때도 울었고, 진주가 학교에 가져 갈 일주일 점심 값이 없을 때도 울었고, 크나큰 집에 살다가 침실 한 개짜리 아파트에 살게 된 진주가 짜증낼 때도 아이를 달래면서 울었다.

남자들이 치근대는 것도 억울하고 분했고, 아이가 감기에만 걸려도 울었다. 그렇게 울면서 나는 강해졌다. 언제부터인가는 사람들이 이름을 물어 보면 깔깔 웃으면서 '내 이름은 이혼녀'라고 농담도 하게 되었다. 지금 생각하면 모든 일이 억울하고 분하고 슬프던 시절은 나를 급성장하게 한 중요한 시간들이었다. 지금은 어른이 된 것 같은 기분이다. 이젠 잘 웃고 떠들고 남자들이 치근대도 "배에 살 좀 빼고 다시 와. 난 배 나온 사람 싫어!"라고 쏘아붙이기도 한다. 그렇게 행복을 찾아 내 것으로 만들어가면서 나의 홀로서기는 차츰 자리를 잡아가고 있다.

　나는 가끔 전생에 대한 생각을 한다. 전생이 있다는 것을 믿는 것은 아니지만 사람들이 하도 전생 타령을 하기 때문에 덩달아 나도 어쩌면 전생에 돌멩이가 아니었을까 싶다. 그것도 아주 단단하고 아주 보잘것없이 작고 울퉁불퉁한 돌멩이. 그렇지 않고서야 아무리 힘든 일이 닥쳐도 그냥 굴러 넘어가자는 식으로 겁 없이 '내가' 하면 된다고 우기겠는가?

　그 누구와의 타협은 생각지도 못할 일이고 여자에게서 찾아볼 수 있는 부드러움은 눈 씻고 찾아도 없다. 오죽 하면 친구가 나를 반여자라고 부를까? 여자도 아니고 남자도 아닌 이상한 사람이라는 것이다. 그러나 사실 나는 처음부터 그런 괴물은 아니었다. 혼자서 아이를 데리고 돈 한 푼 없이 다시 시작하면서 다져지기도 하고, 발길에 차이기도 하면서 힘든 일을 겪다 보니까 전생에 돌멩이가 아니었나 싶을 만큼 단단해진 것뿐이다. 고집이세서 포기를 못하는 것은 또 아니다. 불가능하다고 생각되면 즉시 칼로 무 자르듯 한 치의 망설임도 없이 포기한다. 그리고 다시는 같은 문제를 가지고 고민하거나 그 위치로 되돌아가는 법이없다. 이 또한 홀로서기 하는 과정에서 얻은 소득이다.

또 한 가지 소득은 자동차에 대한 것이다. 처음에 멤피스로 이사 왔을 때는 자동차 엔진 소리가 조금만 달라도 가슴이 두근거리고 금방 폭발할 것 같아 겁이 났다. 하지만 지금은 소리의 크기에 따라 대강 어느 부분이라는 것을 아는 척하며 정비사 앞에서 폼을 잡을 수 있게 되었다. 주위 사람들은 내가 혼자라는 것을 정비사가 알면 바가지를 씌운다면서 기혼자이며, 남편이 출장 중이라고 말하라고 했다. 때문에 나는 항상 "당하지 말자"라는 말을 염두에 두고 책을 읽고, 뭐든지 전문가들에게 물어가면서 배웠다.

아무것도 모르면서 법적인 문제로 싸울 일이 있으면 "내가 해줄게"라고 외치며 나서서 궂은 일을 처리해 갔다. 배우면서 깨닫고 경험을 쌓아갔다. '만물박사'라는 별명이 멤피스 교민들에게 알려지면서 별의별 사람을 다 만났다. 교통사고, 세금문제, 이민국 일, 장례식, 결혼식, 보험 처리 등 으름장을 놓는 편지를 쓰는 일 등…. 어떤 때는 아예 가게 문을 잠시 닫아가며 남의 일을 보고 다녔다. 그래서 서당 개처럼 천자문을 줄줄 외운다.

사실 그런 모든 일은 내가 좋아서 한다. 이민국에서는 내가 변호사인 줄 알고 있지만, 정정할 생각은 없다. 변호사라는 직책이 듣기에 과히 싫지 않을 뿐더러 이민국 직원들이 나를 대하는 태도가 정중하고 부드럽기 때문이다. 과연 현재진행형인 나의 홀로서기는 어디까지 갈 것인가? 궁금하다.

컴맹 탈출

      딸아이가 11학년이 되자마자 대학교에 가고 싶다고 노래를 부르기 시작했다. 이 학교 저 학교를 기웃거리면서 편지도 하고 전화도 하고 심지어 방문까지 하면서 설쳐 댔다. 어떤 학교에서는 좀 기다렸다가 12학년 초에 다시 연락하라는 데도 있었다. 그러더니 두 학교를 제멋대로 선택했는데, 모두 보스톤에 있었다. 뱁슨 상대(단과)와 보스톤 종합대학이었다. 두 학교 다 이름 있는 학교였으나 학비는 나에게 천문학적인 액수였다. 도대체 왜 머나먼 보스톤이냐고 했더니 70퍼센트는 자기가 전공하고 싶은 경영학과가 교수진을 포함해서 최고인 학교여서이고, 30퍼센트는 엄마에게서 떨어져서 독립하고 싶어서라고 했다.

      결국 두 군데서 모두 합격 통지가 왔다. 드디어 엄마에게도 한마디 할 기회를 주기에 아무래도 종합대학이어야 한다고 충고해 주었다. 단과에 다니다가 전공을 바꾸고 싶어질 경우 학교를 그만두고 다른 학교로 전학을 해야 하지만 종합대학에서는 전과만 하면 되기 때문이라는 것이 내 의견이었다. 아이도 그렇게 생각한다면서 보스톤 대학에 진학하기로 했다. 문제는 돈이었다. 보스톤이라는 조그마한 도시에 하버드와 MIT를 포함해서 300여 개의 대학이 있다고 한다. 집 한 채만 있으면 갑부라는 말을 듣는 곳이 곧 보스톤이기도 하다. 방세가 그만큼 비싸다는 말이다.

아무리 장학금을 받고 가는 학교라 해도 생활비가 만만치 않았다. 결국 진주도 방과 후와 토요일에 일하고, 나도 닥치는 대로 직장을 서너 군데 뛰어서 5년 만에 졸업하게 되었다.

졸업식 기념 연설은 헨리 키신저 장관이 했다. 그 학교를 졸업하고 영화배우가 된 지나 데이비스도 눈에 띄었다. 제법 떠들썩한 졸업식이었다. 학위 증서를 들고 졸업식장을 걸어 나오는 딸아이에게 "야, 그거 내놔. 그 종이가 10만 불짜리다. 내 거다, 그거!" 그렇게 말하는 나를 껴안으면서 "그렇잖아도 엄마 드리려고 했어요. 이거 엄마 것인 줄 저도 알아요"라고 했다.

그때였다. 갑자기 아이들이 몰려오면서 "엄마 돼지다"라고 소리 질렀다. 가끔 보스톤에 진주를 만나러 가면 친구들을 모아놓고 음식을 해먹였다. 다들 어찌나 잘 먹는지 내가 아기 돼지들이라고 별명을 지어 줬더니 아이들은 그때부터 나를 엄마돼지라고 불렀다. 그러더니 갑자기 나에게 이메일주소를 달라는 것이 아닌가! 컴퓨터도 없는 엄마돼지에게 이메일 주소라니. 컴맹 엄마의 정체가 확실히 드러나는 순간이었다.

졸업식이 끝나자마자 집에 와서 야간대학 컴퓨터 기초반에 등록하고 유학생에게 부탁해 부속을 사다가 컴퓨터 하나를 만들었다. 컴맹시대가 끝나는 순간이기도 했다. 교수는 캐티라는 파란눈의 백인여자였는데, 나보다 여섯 살 아래였다. 그녀는 참 친절하고 나를 잘 따랐다. 나중에 종강 파티에서 물어보니까 나이 먹은 사람이 컴퓨터 기초반에 앉아서 18-19세 아이들과 기초부터 배우는 모습이 존경스러워서 나를 좋아하게 됐다고 고백했다. 나는 사실 부끄럽다는 생각을 조금은 하고 있었는데, 그 말을 듣고 당당해졌다. 그리고 컴맹을 당당히 탈출했다.

나는 정말 한국 사람일까?

　　　　　　　나는 도대체 누구일까? 어떤 사람일까? 한없이 좋다는 사람도 있고 소름이 오싹오싹 끼친다는 사람도 있다. 말투가 너무 무뚝뚝해서 정나미가 떨어진다는 사람도 있다. 말이 많다는 사람, 너무 말이 없다는 사람, 친절이 넘친다는 사람, 인정이 많다는 사람, 반여자라는 사람 등 참 별의별 평가가 많다. 나를 돌아보고 싶다. 예순이라는 나이 앞에서 나를 한 번쯤 바라보고 싶다. 내가 화가였다면 내 모습을 한쪽 귀를 싹둑 잘라낸 모습으로 그려낼 텐데 화가는커녕 화가의 사촌도 아니다.

　　내가 본 내 모습, 나에게 비친 나 자신의 모습, 별로 예쁜 모습은 아니다. 성격으로 말할 것 같으면 불, 그 자체이고 고집은 적당히 표현할 수 있는 단어가 없을 정도다. 그런데 이상한 것은 눈물이 많다는 점이다. 시도 때도 없이 눈물이 흐른다. 엄마 모시고 뉴욕에 가면서, 비행기 안에서 허겁지겁 핫도그를 잡수시는 엄마 모습을 훔쳐보며 서럽게 울었다. 어쩌다 엄마가 돌아가시는 꿈을 꾸면 베개가 촉촉하도록 운다. 누가 엄마 잘 계시냐고 물으면 "잘 계셔요" 하면서 울컥 설움이 복받친다. 불쌍하다. 이유도 확실치 않은데 그냥 불쌍하다. 그렇다고 항상 징징거리는 것은 아니다. 어떤 결정을 할 때, 혹은 결단을 내려야 할 때는 피도 그

흔한 눈물도 없이 칼로 무 베듯 사정없이 내려치기도 한다.

친구는 "진주 엄마 말하는 것 들으면 소름끼쳐요"라고 표현했다. 그녀가 나에게 어디를 함께 가자고 초대했는데, "아, 미안해요. 모처럼 초대해 줬는데 내가 시간이 없어요"라고 예쁘게 거절하면 될 것을, "내가 거길 왜 가요?"라고 무뚝뚝하게 한마디로 거절했더니 그 친구가 고개를 설레설레 저으면서 그렇게 말했다. 나도 그 점은 인정한다. 마치 〈미녀와 야수〉의 주인공 같다는 것도 인정한다. 물론 야수 쪽이다.

또 한 가지 이상한 점이 있는데, 그것은 노래를 부르는 것이다. 그것도 슬플 때 노래한다. 남들에게도 우울하거나 슬프면 노래를 부르라고 권한다. 그렇다고 노래를 잘하는 건 아니다. 그냥 슬프면 목청 높여 노래를 부르고 싶을 뿐이다. 또 한때는 내가 시인이 될 자질이 충분하다 못해 넘친다는 생각을 했다. 얼마나 어이없는 생각인가.

언젠가 '반달'이라는 제목으로 시를 써놓고 혼자 감동했다. 시인 흉내를 낸 것이다. "님 그리며 타다 남은 내 가슴 한 조각" 이것이 반달의 전문이다. 그 무렵 내가 시인이 될 자질이 있다고 확고히 믿게 된 사건이 있었다. 주부생활사에 응모한 시 "춤을 추시겠어요?"와 "침묵의 소리"가 당선된 것이다. 정말 나는 시인이 된 줄 알았다.

나는 정말 한국 사람일까? 어느 여름에 한국에 갔을 때 친구들과 식당에 갔다. 내가 실수로 손님들이 밥 먹고 있는 식탁을 엉덩이로 툭 치고 지나갔다. 순간적으로 자연스럽게 "익스 큐즈 미"가 튀어 나왔다. 그 말을 하면서 머릿속에서는 '여기는 한국인 데 미안합니다, 라고 해야지' 하면서 얼른 고쳐 말했다. 그런데 정 작 입 밖에 나온 말은 "아이 엠 쏘리"였다. 친구들에게 웃음을 주 었지만 정말 부끄러웠다.

영어를 썩 잘하는 것도 아닌데, 영어가 우리말보다 더 자연스 러울 때가 많다. 조카 녀석이 이중 주차를 하는 것을 보면서 '이중 주차'라는 말이 생각이 안 나서 영어로 'Double Parking'이란 말을 "너 왜 겹으로 파킹해?"라고 한 적도 있다. 나는 누구일까? 한국 여자도 미국 여자도 아닌, 외계인?

용서의 길이, 넓이, 속도

　　　　　아주 오래 전에 나는 엄마에게 이런 질문을 했다. 한여름 밤이었는데 평상에 누워서 멍한 표정으로 하늘을 보고 계시는 엄마 곁에 조심스럽게 다가가서 어떻게 아버지를 용서하실 수 있느냐고 물었다. 남편이 밖에서 다른 여자와 관계를 맺고 아이까지 낳아오는 것을 어떻게 여자로서, 아내로서 용서가 되느냐고 말이다. 엄마는 조용히 웃으시면서 "너희 아버지 가정을 버릴 사람이 아니다. 그리고 너희들의 아버지다. 용서하는 것이 유일한 길이다. 그리고 알아 두어라. 용서는 빨리 할수록 좋다. 용서를 받아야 할 상대가 잘하고 잘못하는 것을 정하는 것은 하나님 몫이고 내 몫은 용서하는 것이다."

　그 후로 나는 용서하는 것은 상대방을 위해서가 아니라 나 자신을 위한 것이라는 사상을 여러 사람들에게 나누어 주기 시작하면서 도저히 용서할 수 없는 일을 용서하려고 노력했다. 사실은 내가 13년간의 결혼생활을 접고 이혼을 결심한 것도 아무리 노력해도 용서할 수가 없어서였다.

　지금은 고인이 된 나의 전 남편은 사람들이 윌리엄 홀덴을 닮았다고 할 만큼 잘 생기고 인상이 좋아 보이는 사람이었다. 내가 많이 아팠기에 나를 미국으로 데리고 와서 병을 고쳐야 한다는 생각이 아마 컸을 것이다. 그렇게 인정 많은 사람이었으나 내가 몰랐던 것은 그가 술 없이는 살 수 없는 사람이라는 사실과 의처증의 중증을 앓고 있다는 사실이었다.

나와는 열일곱 살 나이 차이가 났고 이혼을 두 번씩이나 겪은 사람이었기 때문에 좀 의아스러운 점도 있었지만, 그가 거듭 내게 말해 준 이혼 사유를 한 치의 의심도 없이 믿었다. 두 사람 다 남편 몰래 바람을 피웠다는 것이다. 참 안됐다는 생각을 하면서 나는 그에 대한 연민과 고마움으로 더욱더 잘해 줘야겠다는 다짐을 했다.

그러나 콜로라도에서 내 병이 많이 회복되고, 그도 제대하고 고향으로 가서 살게 되면서 서서히 그의 정체가 드러나기 시작했다. 엄청난 육체적 정신적 고통을 겪으면서도 단 한번도 이혼을 생각한 적은 없다. 용서하고 또 용서했다. 1985년 내가 빌 클린턴 알칸소 주지사에게 '올해의 여성상'을 받으면서 신문에 나고 여기저기서 강의 요청이 들어오면서 그의 학대는 점점 심해져 갔다. 겉으로는 사람들에게 자랑스런 아내라고 칭찬했으나 집에 오면 돌변했다. 정말 아무도 몰랐다. 친정식구에게도 입도 뻥긋하지 않았다. 모두 나에게 주어진 운명이라고 받아들였다.

그런데 그가 갑자기 교회 집회에 가지 않겠다고 선언했다. 가기만 하면 교우들이 자기 흉만 보고 쳐다보면서 쑥덕거린다는 것이다. 사실 희망은 신앙뿐이었다. 아무리 술을 먹고 나를 때리고

의심해도 하나님을 의지하는 한 고쳐질 것이라는 희망이 있었는데, 그는 사형선고와도 같은 말을 한 것이다. 그리고 일절 집에 교우들을 초대하지 말라고 했다.

더 이상 살 수 없다는 생각이 들자 나는 같은 교회에 다니는 한 자매님께 상담했다. 그분은 눈물을 흘리면서 모든 이야기를 들어주셨다. 그리고 조용히 말씀하셨다.

"조 자매, 하나님이 아버지이신 걸 믿습니까?"

"네."

"그럼 조 자매가 아버지라면 딸이 그렇게 엄청난 고초를 겪고 있는데도 성경말씀에 어긋난다는 이유로 그 환경에 그대로 두시겠어요?"

나는 망설이지 않고 대답했다. "아닙니다. 당장 그 환경에서 구해낼 것입니다." 그는 내 손을 잡으며 "기도 많이 하고 결정하되 그 이유로 하나님을 원망하거나 떠나지는 말라"고 했다.

나는 1989년 10월 초에 남편에게 선언했다.

"2주일 안에 모든 것을 정리하고 떠나겠어요. 하지만 만약 당신이 정신적인 문제를 인정하고 치료를 받겠다면 곁에 머물면서 돕겠습니다." 그리고 나는 그에게 치료를 받자고 애걸했다. 하지만 그는 오히려 내가 문제라며 완강하게 거절했다.

마침내 나는 "당신은 지금 당신 생애에 가장 소중한 것을 잃었다"고 말하고 떠날 준비를 서둘렀다. 내가 만들어 걸었던 모든 커튼을 빨아서 걸고 세탁기, 건조기 사용법 등을 잘 적어서 벽에 붙였다. 그는 집안일을 전혀 하지 않았기 때문에 기계 사용법을 몰랐다. 은행 잔고 확인하는 방법 등을 잘 적어놓고 집안 대청소를 했다. 양육비도 대학 학비도 1센트도 못 준다고 으름장을 놓는 그에게 "당신은 그럴 자격이 없기 때문에 당신 돈 가져가라고 해도 거절할 것"이라고 말했다.

나는 법원에 가서 모든 것을 남편에게 넘기겠다는 각서를 써서 제출하고 이혼재판을 하지 않겠다고 했다. 판사는 "13년씩이나 결혼생활을 했으니 속옷만 입혀 쫓아낼 수가 있는데, 위임장이 웬 말이냐. 무슨 사연이 있느냐?"고 했다. 나는 "말할 수도 없고, 말하지도 않겠다"고 대답하고 나왔다.

1989년 10월 29일, 떠나는 날도 그의 직장에 전화를 걸어 지금이라도 알코올 중독자 치유센터에 가고, 정신과에서 상담치료를 받는다면 떠나지 않겠다고 했다. 하지만 그는 끝까지 받아들이지 않았다. "미친 사람은 넌데 내가 왜 치료를 받느냐?"는 것이었다.

지금도 생각하면 고마운 내 친구 이여자 씨는 나를 혼자 보낼 수 없다면서 자기 차를 운전하면서 내 뒤를 따라와 멤피스까지 동행해 주었다.

그 수많은 사연들의 십분의 일도 안 되는 이 글을 쓰면서 어느 먼 훗날 내 사랑하는 사람들이 나를 이해하고 용서하는 데 도움이 되기를 바란다. 그렇게 그를 떠난 후 2010년 여름, 21년 만에 그의 사망소식을 들었다. 그의 장례 절차를 밟아 주면서 많은 추억들이 눈앞에 아른거렸으나 아픔은 없었다. 세월이 약이라던가. 그러나 내가 그때까지 완전히 그를 용서하지 못하고 있었던 것은 하나님이 아시고 나도 안다.

그가 떠난 후 나중에 집을 팔기 위해 집 청소를 하다 보니 내가 짠 스웨터, 조끼, 머플러 등이 잘 보관되어 있었다. 그리고 내가 떠날 때 적어 준 세탁기, 건조기 사용법, 은행 잔고 확인 방법 등이 적힌 종이가 그대로 보관되어 있었다. 한국에서 내 앞으로 보낸 편지들을 남자친구들이 보낸 것이라며 빼앗아 가곤 했는데, 그 편지들도 그대로 있었다.

나는 모두 태웠다. 그의 지난날, 나의 지난날을 모두 불태웠다. 그래도 가슴 깊은 곳에 자리한 그 앙금 하나, 그 분함과 미움 한 덩어리, 진주에게는 용서하라고 하면서 나는 아직도 용서할 수 없는 그 사연 하나는 태워지지 않았다. 그래서 평강이 없었다.

그가 죽은 이튿날 장의사에 그의 시신이 잘 단장되어 있는지 보러 갔을 때도 그 앙금은 풀리지 않았다. 용서할 수 없었다. 그러나 장례식 당일에 가족실에서 진주 손을 잡고 앉아 있는데, 관을 가지고 와서 가족에게 마지막 인사를 할 수 있게 해주었다. 관에 누워서 편안한 표정을 하고 있는 그의 얼굴을 바라보면서 드디어 21년 만에 그를 용서할 수 있었다. 그리고 속으로 되뇌었다.

"가십시오. 용서하겠습니다. 당신이 저지른 그 엄청난 죄, 용서하겠습니다. 편히 가십시오." 사람 마음은 참 기묘한 것이다. 그 즉시, 그 엄청난 앙금을 풀어 버리는 순간, 내 마음은 그리도 편할 수가 없었다. "진주야, 내 마음에 평강이 왔어. 내가 참 잘 왔어"라고 고백했다. 죽는 날까지 용서할 수 없다고 생각했으나 그 사람이 죽어서 관에 누워 있는 모습을 보면서 용서가 이루어진 것이다. 불과 몇 분 사이에 가슴 깊이 자리한 미움 덩어리가 풀렸다. 그리고 진정한 평강이 자리한 것이다.

이제 내가 할 일은 진주의 엄마 자리와 아빠 자리를 함께 지키기 위해 더욱 내 새끼를 사랑하고 아끼고 다독거려 주는 것이다. 진심으로 감사의 기도를 드리면서 용서의 길이, 넓이, 속도⋯ 모두를 단 한 번의 용서에 담아 그의 시신과 함께 보냈다.

선머슴이 바느질을 한다고?

한국에서 친구들이 와서 보고 가장 많이 놀라고 지금까지 믿을 수 없어 하는 것은 내가 바느질을 해서 먹고 산다는 사실이다. 어릴 때부터 함께 자라고 같은 학교를 졸업한 친구들이니 내가 얼마나 왈패였고 선머슴이었는지를 잘 안다.

학교에서도 포기한 건달이었고 싸움질이나 하고 다녔으니 바느질과는 거리가 멀어도 한참 먼 사람이었다. 그래도 중학교 졸업할 때 가정시간에 자수로 액자를 만들었는데 그것을 끝낸 몇 명 중 한 사람이었다. 고등학교에 다닐 때 가정시간에는 두 쪽짜리 병풍도 서양자수로 끝냈으니 어쩌면 바느질은 그때부터 정해진 나의 길이 아니었을까 하는 억지를 부려 보는 것도 재미가 있다.

내가 바느질을 시작한 것은 그 어떤 운명적인 것도 아니고 특별히 재주가 있어서도 아니다. 더구나 바느질을 배우기 위해 학원에 다닌 적도 없다. 바느질을 하자고 결심한 것은 순전히 내가 가난한 짠순이었기 때문이다. 한국에서 미국행 비행기를 타고 와서 처음 정착한 곳은 콜로라도였다. 그 당시 남편이 제대하려면 아직 1년 반쯤 남아 있어서 피터슨 부대가 있는 콜로라도에 살게 되었다. 그때 내 건강이 별로 좋지 않아서 공기가 맑은 콜로라도 록키산맥 근처는 나에게 요양지와 같았다. 20분만 가면 산이 있고, 높은 산꼭대기에는 사철 눈이 쌓여 있었다.

덴버는 해발 1마일이라고 하여 존 덴버라는 가수가 애인에게 버림받고 덴버로 가서 1마일 아래로 떨어져 죽고 싶다는 내용의 노래를 만들어 부르기도 했다. 그래서인지 공기가 너무나 건조해서 가습기를 하루종일 틀어 놓지 않으면 코피가 그칠 줄 몰랐다. 10월부터 눈이 쏟아지기 시작하면 4월, 5월까지 계속되었다. 그래도 1년만 견디자 하고 버티어 냈다. 그곳에 살 때 어느 일요일 교회에 정장을 입고 가고 싶은데, 거기에 받쳐 입을 하얀 블라우스가 필요했다.

그때 우리가 살던 아파트 건너편에 큰 쇼핑센터가 있었다. 나는 겨우 걸음마 하던 진주를 데리고 그곳으로 가서 구경하면서 소일했다. 흰 블라우스를 사 입기 위해서 그 쇼핑센터에 있는 한 백화점으로 갔다. 목에 리본을 맬 수 있는 하얀색 블라우스를 쉽게 찾을 수 있었다. 그런데 가격표를 보니 18불이 붙어 있었다. 1977년이었으니 그때만 해도 18불짜리 블라우스는 분명히 고가였다. 가난뱅이 짠순이인 나에게는 더욱 그랬다. 그런 돈도 없었지만, 돈이 있다고 해도 그것은 나에게 너무 큰 사치였고 죄를 짓는 것 같았다. 천을 파는 가게를 찾아가서 흰 천을 샀다. 5불도 채 안 되는 가격이었다. 재봉틀은 한국에서 가지고 온 것이 있었으나 한 번도 사용한 적이 없는 새것이었다.

재봉틀 사용법을 읽어가면서 얼렁뚱땅 블라우스를 만들어 입

고 교회에 갔다. 사람들이 블라우스가 예쁘다면서 어디서 산 거냐고 물었다. 나중에 미국에 오래 살면서 안 일이지만, 그것은 그냥 일반적인 인사치레였다. 그런데 그것을 아직 모르는 신참이라서 그 말을 그대로 믿고 '아, 이 블라우스는 내가 만들어 입은 것'이라고 떠벌렸다. 내가 만든 블라우스가 예쁘다고 야단들이니 나는 그저 으쓱하고 좋았다. 얼간이 중에 가장 높은 자리를 차지한 상얼간이쯤 되었을까?

또 한 가지 내가 몰랐던 것은 그때 그 블라우스 사건이 훗날 내가 홀로서기를 할 때 바느질을 하려고 작정한 계기가 되었다는 사실이다. 처음에는 세탁소에서 수선 감을 갖다가 집에서 했다. 바느질에 대해서 아는 것이라고는 콜로라도에서 만든 흰 블라우스가 전부였다. 가끔 헌 옷 파는 가게에 가서 옷을 몇 가지씩 사다가 뜯어서 어떻게 만들었는지 살피기도 했다. 남의 옷을 고치다가 버리면 변상해 주면 된다는 배짱으로 밀고 나갔다.

그렇게 하다 보니 수단도 생기고 경험도 조금씩 쌓였다. 그리고 아주 조금씩 솜씨도 생기게 되었다. 선머슴이 서서히 변화되어 가고 있었다. 좀이 쑤셔서 한 시간도 앉아 있지 못하던 왈가닥이 하루 종일 앉아서 바느질을 하게 되었다. 점점 욕심이 생겼다. 헌 옷가게에 가서 웨딩드레스를 사와서 모두 뜯어서 다시 붙이는 작업을 되풀이했다. '정말 별 거 아니로구나' 싶었다.

웨딩드레스, 들러리 드레스를 만들기 시작하면서 매상이 오르기 시작했다. 옷 수선만 하면 단가가 작은데, 커튼, 침대 이불까지 닥치는 대로 맡아서 하니까 매상도 매월 올랐다. 사람들도 채용하고 바쁘게 움직였다. 내가 솜씨가 좋아서가 아니라 다행히도 미국 사람들이 워낙 솜씨가 없어서 내가 대단한 바느질쟁이로 부각된 것이다. 아무리 변해도 선머슴은 선머슴이라는 것을 그들은 알까, 모를까?

공짜 서비스의 위력

2008년 11월, 미국은 술렁거렸다. 워싱턴뿐만 아니라 미국 전역이 흥분의 도가니, 그대로였다. 아니, 세계가 흔들렸다고 해도 과언이 아니다. 미국 역사상 처음으로 흑인 대통령이 당선되었다. 그것도 역대 대통령 대부분이 그랬던 것처럼 부유한 집안이나 명문가 출신이 아니었다. 그는 이혼한 흑인 아버지와 백인 어머니 사이에서 태어나 어린 시절을 하와이에 있는 백인 외할머니 집에서 성장했다. 그리고 어머니가 인디아 남자와 재혼하였고, 초등학교를 인디아에서 다닌 적도 있다. 인종 차별, 특히 유색 인종에 대한 편견이 고질병으로 뿌리박힌 미국에서는 정말 기적, 그 자체였다.

오바마 대통령이 선거유세에서 몇백만 번 썼다는 "우리는 할 수 있습니다"(Yes, We can) 라는 구호가 세 살 먹은 어린아이 입에까지 오르내릴 정도가 되었다. 나는 개인적으로 오바마를 좋아하지 않는다. 머리 좋고 똑똑하다는 것은 인정하지만 그가 인공유산에 대해 기자회견을 할 때 "임신한 여자에게 선택할 권리가 있다"고 말하는 바람에 그 사람과 내 의견은 극과 극이 되었다. 생명이 잉태되는 그 순간부터 이미 한 인간이라고 믿고 있는 나는 그 사람이 말한 선택이란 말이 어이없고 분하기까지 했다.

그러나 그것은 개인적인 의견 차이일 뿐 그 사람은 충분히 세계의 대통령이라는 미국 대통령 자리에 오를 만한 자격이 있다고 본다. 결국 나중에는 경험 부족 등의 이유로 크고 작은 실수를 하는 바람에 인기가 많이 떨어졌지만, 여전히 그는 젊은 흑인 대통령으로서 케네디 대통령과 비교될 만큼 젊은이들, 특히 젊은 흑인들에게는 영웅이다. 나 또한 그의 구호 "우리는 할 수 있다"를 좋아한다.

부유층이 몰려 살고 있는 저먼 타운에 조그마한 건물을 사서 옷 수선 가게를 옮기면서 약간의 텃세를 경험하게 되었다. 저먼 타운 사람들과 시청은 거의 노골적으로 유색 인종을 차별하고 있다고 들어서 익히 알고 있던 터였기에 크게 당황하지는 않았다.

그런데 동양인인 내가 건물을 사서 들어갔으니 좋아할 리가 없었다. 그때 나는 꼭 그들을 이겨야 한다고 자신과 다짐을 하면서 오바마 대통령이 외친 구호인 "나는 할 수 있다"를 사용하고 있었다. 이 나라에서 겸손은 금물이다. 직장을 얻기 위해 인터뷰를 할 때도 마찬가지다. "잘하지는 못하지만 최선을 다하겠다"는 말은 통하지 않는다. "나를 채용하신 걸 후회하지 않을 만큼 잘할 자신이 있다"는 말이 통하는 세상이 곧 미국이다. 아무튼 나는 건물 관리 사무소에서 사사건건 트집을 잡는다는 것을 알고 뇌물 작전을 쓰기 시작했다. 뇌물이라고 해서 돈을 주거나 비싼 선물을 주는 것이 아니라 일을 공짜로 해주는 것이다.

세상에 공짜 싫어하는 사람은 없다. 그것은 미국이나 한국이나 마찬가지다. 관리사무소 직원들이 우리 가게에 오기 시작한 것은 내가 이사한 지 1년이 지나고서부터다. 관리사무소장, 직원들이 간단한 바느질감을 가지고 왔다. 그것은 핑계고, 나를 살피러 오는 것임을 알고 있었다. 나는 특별히 친절하고 싹싹하게 대했고 무조건 공짜로 일해 주었다. 그들에게 분명히 내가 꼭 필요할 때가 올 것이라는 믿음과 기대를 가지고 때를 기다렸다.

그 '때'라는 것이 생각보다 빨리 왔다. 관리사무소장의 딸이 학교에서 부녀 댄스파티에 가게 된 것이다. 거기까지는 좋았는데, 딸과 함께 춤을 추어야 할 아버지의 연미복이 너무 작은 것이다. 그는 그 옷을 입은 지가 하도 오래 되어 자기가 체중이 좀 불었다는 사실을 잊은 것이다. 그 사실을 파티 이틀 전에야 안 것이다. 나는 "때는 이때다" 하고 공짜로, 그것도 하루 만에 옷을 몸에 맞게 늘려 주었다.

나는 관리사무실의 텃세를 완화시키기 위해 계속 "할 수 있다"를 되뇌이면서 공짜 서비스를 해주었다. 그렇게 3년이 되어갈 무렵부터 그들은 서서히 우리 가게의 단골손님이 되어갔다. 사소한 일로 트집 잡는 일은 완전히 없어졌고, 오히려 손님을 소개하기까지 했다. 공짜 서비스의 위력과 "나는 할 수 있다"가 완벽하게 조화를 이루는 순간들이 계속되었다. 그리고 그는 사무실 커튼을 만들어 달라는 주문을 해왔다.

그러나 그것은 공짜가 끝나는 순간이기도 했다. 완전히 제 가격을 받고 정성껏 커튼을 만들어 주었다. 관리 사무실을 비롯한 직원들의 크고 작은 개인적인 일까지 맡아하면서 이제는 한 가족처럼 가깝게 지내게 되었다. 그러자 모든 일이 수월해졌다. 나는 전문적인 바느질 교육을 받은 적도 없다. 더구나 나는 선머슴 같아서 꼼꼼한 성격도 못된다. 그러나 남의 옷 버리면 물어 주면 된다는 똥배짱과 "나는 할 수 있다", "뜻이 있는 곳에 길이 있다" 등의 구호를 외치면서 밀어붙이고 있다.

아마 한국에서 이런 식으로 사업한다면 웃기는 깍두기라면서 웃음거리가 되겠으나 이 사회에서는 제법 잘 통하는 방법이다. 미국 문화와 잘 어울리기 때문이다. 가게 일뿐만 아니라 미국에서 살려면 미국 사람이 되어야 한다는 것이 내 주장이지만 마음까지 미국 사람이 된 것은 아니다. "나는 할 수 있다"를 외치면서도 해서는 안 되는 것과 죽어도 해야 할 일을 철저히 구별하면서 마음을 바르고 곧게 다지며 살고 있다.

내가 아무리 할 수 있어도 하지 말아야 할 일은 하지 않는다. 그래서 "나는 하고 싶지 않은 일을 하지 않는 것도 내 권리다"라고 외치면서 자신감을 가지고 살고 있다. 가끔은 어렵다. 인생이라는 것은 "나는 할 수 있다"를 아무리 외쳐도 안 되는 일이 더 많다. 그렇다고 포기할 생각은 전혀 없다. "나는 할 수 있다"라고 외치면서 얼마가 남았을지 모르는 내 인생을 살아갈 것이다.

낯선 땅에서
홀로서기

2

열릴 때까지 두드리라

13년간 일하던 옷 가게가 문을 닫게 되었다. 물론 그 당시 경기가 안 좋은 데다 가게가 있던 다운타운을 개조해 뒤엎으려는 시장의 도시계획 때문에 도저히 버틸 수가 없게 되었다. 무엇을 해서 먹고 살까 궁리 끝에 그래도 은행에서 일한 경력이 있기 때문에 은행 여러 군데 이력서를 넣었다. 오라는 데가 있어서 가 보니 그들이 준다는 월급으로는 부모님 모시고 진주 학교 보내는 것이 불가능했다.

무엇이 됐든지 그래도 내 사업을 해야겠다는 생각이었지만 자본이 1센트도 없었기 때문에 시작할 엄두도 내지 못했다. 옷가게에서 일하면서 저녁에는 세탁소 두어 군데서 일감을 가져다 집에서 해오고 있었기 때문에 자본금 없이 할 수 있는 일은 그것뿐임을 알고 있었다.

또한 옷 수선하는 데 필요한 재봉틀은 이미 갖고 있었다. 세탁소를 적어도 열 군데를 얻어야 생활비가 나올 것이라는 계산을 했다. 우선 전화번호부를 펴놓고 주소를 찾아 편지를 보내기 시작했다. "친애하는 사장님, 저희는 멤피스에서 가장 신속하고 정확한 서비스를 보장하고 있는 옷 수선가게입니다. 저희에게 귀 세탁소의 일을 맡겨 주신다면 매일 저희가 수선 감을 가져다가

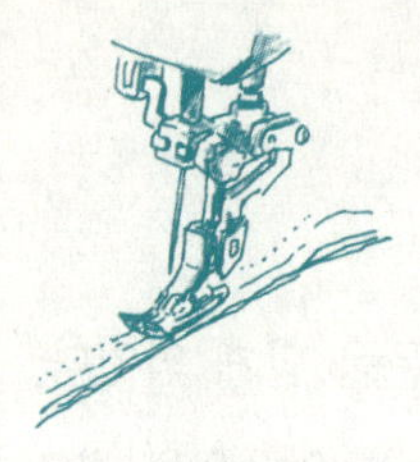

바느질을 끝내서 24시간 후에 배달해드리겠습니다.”

전화번호부를 펴놓고 우리 아파트와 그리 멀지 않은 거리에 위치한 세탁소 20여 곳을 골라 놓고 2주일에 한 번씩 똑같은 내용의 편지를 보냈다. 그렇게 3개월쯤 지나자 전화가 오기 시작했다. 가격만 물어보기도 하고 경력을 물어오기도 했다. 어떤 세탁소에서는 우리가 필요하면 전화할 테니까 제발 편지 좀 그만 하라고도 했다. 그때마다 나는 웃으면서 “아닙니다. 사장님, 당신이 저를 채용할 때까지 계속 보낼 겁니다”라고 말하면서 정중하게 전화를 끊곤 했다.

그렇게 하다 보니 세탁소가 하나둘씩 연결되기 시작했다. 세탁소 주인끼리 소개해서 오기도 했다. 아침 5시 반쯤 집을 나서서 한 바퀴 돌며 일감을 가지고 왔다. 하루 종일 일해서 이튿날 다시 배달을 해주었다. 그러던 어느 날 한 유명백화점 매니저가 전화를 걸어 백화점 일도 할 수 있느냐고 물었다. 나는 물론 할 수 있다고 대답했다. 가격을 묻기에 세탁소의 두 배를 말했다. 비싼 옷이고 새 옷이니 세탁소의 너덜너덜한 옷과는 질이 다른 것임을 알고 있었기 때문이다.

내 전화번호를 어떻게 알았느냐고 물었더니 자기가 다니는 단골 세탁소에서 알았다고 했다. 어느 날 아침 옷을 찾으러 갔는

데 그 세탁소 매니저와 직원들이 수다를 떠는 것을 우연히 듣게 되었다고 한다. 무슨 편지를 들고 "도대체 이 여자 왜 이래?" 우리 세탁소엔 바느질하는 사람이 있다는 데도 계속 2주일이 멀다 하고 똑같은 편지를 보내네" 하면서 쓰레기통에 버린 그 편지를 주웠다고 한다. 정말 신바람이 났다. 그 백화점은 체인으로서 멤피스에 매장이 네 곳이나 있었다. 그 사람이 나에게 일을 시켜 보더니 가격도 일솜씨도 모두 만점이라며 매장 전부를 소개해서 내가 맡게 되었다. 그렇게 입소문으로 여기저기서 전화를 받으면서 나는 진짜 바느질쟁이가 되어가고 있었다.

나의 출근시간은 새벽 4시

　　　　　　나는 숫제 텔레비전은 켜지도 않는다. 시간이 없으니까 관심도 없을 뿐더러 벌처럼 바쁘게 움직이면서 생활하다 보니 차분하게 앉아서 텔레비전 보는 일은 할 수가 없다. 휴가 때 한국에 가면 친구네 집에서 텔레비전을 보는데 그런 대로 재미도 있고 신기하기까지 하다. 그러나 아무리 바빠도 세상 돌아가는 것은 알아야겠기에 가게에서나 자동차 안에서 라디오 방송 91.1 FM을 듣는다. 그 방송국은 국비 보조로 경영해 왔는데, 이 나라 예산이 자꾸 적자를 향해 달리는 바람에 보조가 거의 없게 되었다. 그래서 봄과 가을에 방송국 운영비용 모금 방송을 1주일씩 하는데 그 모금 운동으로 경영비가 충당된다니 미국인들 기부 정신은 알아줄 만하다.

　　그들이 그렇게 기를 쓰고 모금하는 것은 방송 도중에 광고를 하지 않기 위해서라고 한다. 광고비를 받아 운영비를 충당하게 되면 몇 분에 한 번씩은 광고해야 하고 그렇게 되면 라디오 듣는 사람들이 짜증을 낼 것이고, 또 뉴스를 전할 시간이 줄어들어서라고 한다. 사실이 그렇다. 라디오 듣는데 자꾸 광고가 나오면 짜증이 나서 광고 없는 다른 방송을 찾게 된다. 그 방송국 91.1 FM은 24시간 클래식 음악과 뉴스만 번갈아가며 방송한다. 내가 가장 좋아하는 프로그램은 토막지식인데, 하루에 한 가지는 배울 수 있다. 샌드위치의 유래, 세계 각국의 독특한 풍습, 문화 등은 물론이고 유명한 작곡가를 포함한 많은 예술가들의 성장 과정, 창작 시간과 개인적인 취미 등 아주 다양한 지식들을 배우고 있다.

그 방송국은 집에 있는 알람시계에도 맞추어져 있기 때문에 클래식 음악을 들으면서 새벽 3시에 정확히 눈을 뜬다. 욕실로 직행하여 샤워한 후 출근 준비를 끝내고 3시 30분에 부엌으로 가면 어머니가 단정한 옷차림으로 식탁에서 뜨거운 보리차를 드시면서 내가 성경 읽어드리기를 기다리신다. 하나님 말씀은 곧 하나님인데 그 하나님을 파자마 바람으로 대할 수는 없다는 것이다.

참으로 놀랍고 존경스럽다. 성경공부를 끝내고 4시에 내가 출근하면 다시 파자마로 갈아입고 주무신다는 것이다. 눈이 많이 어두워 읽으실 수가 없고, 어디를 가나 내 팔짱을 끼셔야 한다. 하루도 빠짐없이 그렇게 철저히 준비하고 앉아 계시던 분이 근래에는 내가 욕실로 가는 길에 깨워 드리는 일이 잦고 성경을 읽는 동안에도 졸고 계시기가 일쑤여서 안타깝다.

나는 날마다 새벽 4시에 집을 나선다. 내 출근 시간은 새벽 4시다. 그렇게 벌처럼 바쁜 나의 하루가 시작된다. 정말로 오랜 세월 동안 새벽 3시 기상을 해왔다. 그리고 4시 출근 시간을 고수해왔다. 토요일이나 일요일에는 늦잠을 자도 되는데, 눈을 뜨면 3시다. 잠을 안 자면서 침대에 누워 있는 것은 내 못된 성격에 용납

될 수 없는 일이다. 그래서 주말에도 기상은 3시다. 내가 수년 동안 4시에 출근하는 데는 그럴 만한 이유가 있다. 내가 경영하고 있는 수선가게의 영업시간은 9시부터 6시까지, 월요일부터 금요일까지다. 내 가게가 있는 동네는 저면 타운으로 부자들이 옹기종기 모여 사는 동네여서 손님들이 거의 모두 부유하게 살면서 쇼핑을 하거나 우리 가게에 와서 수다를 떨며 옷을 고쳐 입고 여행을 다니는 사람들이다.

9시가 되어 문을 열면 손님들이 들어오기 시작한다. 오전에는 주로 여자 손님들이 많고 오후 5시부터 6시 사이에는 직장인 남자들이 주로 온다. 남자든 여자든 옷 한 벌씩 가지고 와서 남편 아내 흉보기부터 시작하여 손자 손녀들 자랑까지 수다를 한참 떨고 간다. 그렇게 한 손님이 30분간 있다가 가는 것은 보통이다. 게다가 손님들끼리 아는 사람을 만나면 나를 세워 놓고 소개해 가며 또 수다를 떤다.

그렇게 사람들을 상대해 수다 떨어주어 가면서 6시가 되면 집에 가야 한다. 하루 종일 혼자 계시는 엄마를 생각하면 1분이라도 빨리 가고 싶어진다. 6시 5분 전쯤 정리를 끝내고 갈 준비를 한 다음 정확히 6시에 가게 문을 나선다. 6시에 사람이 오면 내일 오라고 하고 급하게 자동차에 오른다.

그래서 매일 처리해야 할 바느질은 손님이 들어오기 시작하는 9시 전에 끝내야 한다. 새벽 4시부터 9시까지 기를 쓰고 일한다. 이제 출근시간도 퇴근시간도 몸에 완전히 배어 있다. 아침시간에는 화장실 가는 시간만 빼고 열심히 일한다. 그 다섯 시간이 나와 내 가족을 먹여 살린다.

응접실 별곡

　　　　13년간의 결혼생활을 접고 진주와 함께 멤피스로 이사했을 때 침실 한 개짜리 아파트에서 새 출발했다. 진주는 길을 잃을 정도로 큰 집에서 살다가 방 한 개짜리 도시락만한 아파트에서 엄마랑 한 방을 쓰게 되자 짜증을 자주 냈다. 충격이 크다는 사실을 누구보다도 나는 잘 알았다. 그래서 아이가 안쓰럽기도 했다.

　　그렇게 티격태격하면서 진주랑 살았다. 진주도 갑자기 가난해진 환경에 적응하는 데 힘들어 했지만, 그런 아이를 보는 내 마음도 너무 아팠다. 그 와중에 뉴욕에서 부모님이 오시게 되었다. 도시락만한 아파트에서 대식구가 살 수는 없는 일이었다. 그때 일하고 있던 가게 사장님께 돈을 빌려서 침실 세 개짜리 아파트를 얻었다. 동생까지 함께 살게 되어 진주 방, 동생 방, 부모님 방을 정하고 나니 내 방은 응접실 바닥이 되었다.

　　오래 된 아파트 이층은 겨울이면 찬바람이 어찌나 들어오는지 완전히 허허 벌판 같았다. 너른 응접실 바닥에 누워 있자니 처음에는 잠도 잘 안 왔다. 그러나 몸이 몹시 피곤하고 지쳐서 잠자리에 눕는 날이 많아지면서 차츰 익숙해졌다. 시간도 그렇게 흐르고 바닥이 점점 따뜻하다고 느끼기 시작했다. 바람만 스쳐도 벌떡 일어나던 나는 태풍이 불어도 잘 자게 되었다. 식구들도 으레 초저녁이 되면 각각 자기 방으로 갔다. 새벽에 일어나야 하는 나를 위한 배려였다.

그렇게 10년간 응접실 바닥에서 지내면서 매일 '나의 방'을 꿈꾸었다. 언젠가 집을 사게 되면 내 방이 있어야 하니까 꼭 침실 네 개짜리를 사야겠다고 거듭 다짐했다. 그러나 진주가 대학을 마치기 전에는 집을 살 수가 없었다. 국가에서 나오는 학비 보조와 학교 측에서 주는 장학금을 받자면 보호자인 내가 집을 소유하고 있으면 안 된다. 그래서 진주가 대학을 졸업하자마자 복덕방을 경영하는 친구를 만나서 집을 찾아봐 달라고 했다. 조건은 꼭 침실이 네 개여야 하며 그 침실이 모두 단층이어야 한다는 조건을 달았다. 연로하신 엄마와 다리가 불편한 동생이 층계를 오르내리는 일을 막기 위해서였다. 그 친구는 침실 네 개짜리 집은 아마 2층집밖에 없을 거라면서 하여튼 찾아보자고 했다.

그리고 3개월쯤 후에 방 네 개짜리 집 하나가 나왔으니 가보자고 전화가 왔다. 나는 그 집은 볼 필요도 없이 OK라고 했다. 어떻게 집을 보지도 않고 결정하냐고 하도 야단을 하기에 가서 아무렇게나 보는 둥 마는 둥하고 그 집을 사겠다고 했다. 침실이 네 개일 뿐만 아니라 뜰이 운동장처럼 넓었고, 집 앞에도 주차를 얼마든지 할 수 있는 넓은 길이 있었다. 넓은 뜰에 꽃을 마음대로 많이 심을 수 있겠다 싶기도 해서 망설임 없이 계약했다. 방이

네 개짜리 집이니 드디어 내 방이 생기는 것이다. 생각할수록 마음이 들떴다. 그 집에 들어가면서 욕실 딸린 큰 방은 엄마가 쓰시고, 진주 방과 동생 방을 정한 뒤 가장 작은 방이 나의 방이 되었다. 그러나 방의 크기는 중요하지 않았다. 나만의 방이 생겼다는 사실이 중요했다.

이사할 때 교회 형제님들이 와서 많이 도와주었다. 무슨 짐이 그리도 많은지 그동안 모아 놓은 책들 또한 엄청나게 많았고, 짐을 풀어서 정리하는 것 또한 너무 힘들었다. 그때 거듭 다짐했다. 다시는 죽는 날까지 이사는 하지 않겠다고 말이다.

이삿짐을 정리하는 데 시간이 많이 걸렸다. 우선 응접실을 치우고 커튼을 만들어 걸었다. 오랜 만에 실크 리본으로 꽃을 만들어 장식했다. 책장에 책을 꽂고 벽난로에 필요한 가구들도 사서 세워 두었다. 진주 사진도 걸고 부모님 사진도 걸었다.

그리고 침실 하나씩 청소하고 커튼을 만들어 달았다. 마지막으로 내 방을 꾸밀 차례가 왔다. 응접실 바닥이 아닌 내 방에 복숭아 색깔 커튼을 만들어 걸었다. 베개도 만들고 옷장도 정리하며 예쁜 인형을 선물 받은 어린 여자아이처럼 들떠서 작은 내 방을 꾸미는 내내 콧노래를 흥얼거렸다. 응접실 별곡이다.

올해의 여성상

　　10여 년의 아파트 생활을 끝내고 집을 샀을 때 나는 정말 기뻤다. 내 방이 생기다니 믿어지지가 않았다. 이방 저방을 몇 번씩 들여다보면서 커튼은 무슨 색깔로 만들까, 침대 커버는 어떤 디자인으로 만들까 꿈꾸며 즐거워했다. 그때 친하게 지내는 두 사람이 나에게 "집을 샀으니 꼭 필요한 것이나 간절히 원하는 것이 있으면 말하라"고 했다. 나는 기다렸다는 듯이 '책꽂이!'라고 했다.

　　책장이 없어 그동안 박스에 갇혀 있던 수많은 책들에게 그들만의 방을 만들어 주고 싶다는 토를 달았다. 그래서 응접실 한쪽 벽 전체가 책장으로 변했다. 향도 좋고 고급나무에 속하는 비싼 재료를 사용하여 만들어 주었다. 두 사람 다 목수 경험이 있는 친구들이어서 정말이지 집보다 책장 벽이 더 멋이 있었다.

　　책들은 물론이고 진주가 영국에서 사 온 접시와 찻잔 세트, 해남부대 친구 혜숙의 남편 박찬엽 씨가 손수 만들어 준 '나의 조국' 스탠드, 정아가 선물해 준 포석정 모양의 찻잔 세트, 친구들이 선물해 준 보석상자와 한국을 떠나올 때 받은 많은 선물들을 모두 책장 맨 위 두 칸에 진열했다. 그리고 그 한가운데 내가 받은 '올해의 여성상' 동상이 서 있다.

빌 클린턴은 미국 대통령을 8년간 하면서 좋은 일을 많이 해 인기가 하늘을 찌를 듯했다. 하지만 반면에 수많은 스캔들로 탄핵 위기까지 감으로 말썽꾸러기이기도 했던 그는 그 당시 내가 살고 있던 알칸소 주에서 역사상 가장 나이 어린 주지사로 재임하고 있었다. 그가 매년 지역사회에 봉사를 많이 하고 자신의 분야의 발전을 위해 헌신한 직장여성 한 사람을 선정하여 주던 상이 바로 올해의 여성상이다. 상장과 함께 머리가 없는 천사 모양의 동상을 수여하는데, 1985년에 내가 뽑혀 받게 되었다.

나는 그 당시 남편의 고향인 워렌, 인구 5천 명이 거주하는 시골마을에 있는 은행에서 일하고 있었다. 동양 사람은 나와 딸아이밖에 없었다. 동양 여자가 그 마을은행에서 일한다는 소문이 퍼지자 그 마을에서 태어나 자라고 결혼하여 자녀들을 키운 노인네들이 아예 동물원 원숭이 구경하듯 나를 구경하러 왔다. 그리고 교회, 학교, 조그만 단체들에서 나를 초대하기 시작했다.

자기네들 모임에 와서 한국 이야기를 해달라는 것이다. 나는 한국관광공사에 연락하여 시카고 지사를 통해 팸플릿과 포스터 등 우리나라 홍보용 자료를 받아들고 학교, 교회, 여성단체, 남성단체 등을 찾아다니며 한국 자랑을 했다. 그리고 한복을 반드시 입었다. 나는 어깨가 넓은 데다 위로 약간 올라가 있기 때문에 한복을 입으면 아담하기는커녕 그야말로 꼴불견이다. 그런데도 미국 사람들에게는 그저 좋아보일 뿐 어깨가 올라가든 내려가든 알 수

가 없는 일이었기에 '뷰티풀'을 연발하며 고운 한복에 감탄했다.

내가 설치고 다니는 모습이 한국일보에 실린 적이 있는데, 그것을 본 독자가 철따라 한복을 보내 주었다. 그래서 한복이 색깔별, 계절별로 스무 벌 이상이 되었다. 그렇게 설치고 다닌 덕에 이웃마을에 소문이 퍼지면서 시외에서까지 초청이 들어왔다.

은행장은 반드시 우리 은행에서 일한다는 말만 해주기로 약속하면 결근은 얼마든지 허용한다고 했다. 한마디로 은행 홍보를 해달라는 것이다. 그리고 주말이 되면 단 하나뿐인 마을 양로원에 가서 노인들을 한 방에 모아 앉혀 놓고 성경도 읽어주고 노래를 불러주기도 했다. 그 노인들은 평생 불러온 찬송가를 한국말로 불러 주면 참 좋아했다. 그리고 나는 밤에 알칸소 주립대학 야간부에 등록해서 이웃도시에 있는 캠퍼스로 다니면서 코피를 흘려 가며 공부했다. 내가 다니던 은행 측에서 그것을 알고 학비를 대주겠다고 나섰다

은행업무와 관계된 과목을 적어도 한 과목 듣겠다는 조건이었다. 은행경영학을 듣겠다고 했더니 학비와 책값은 물론이고 자동차 가솔린 값까지 모두 부담해 주었다. 그렇게 벌처럼 움직이며 봉사활동을 하고 자기 계발을 위해 야간대학까지 다니는 내가 눈에 띄었던지 1985년에 올해의 여성상 후보로 선정되었다. 그렇게 은행과 내가 함께 유명세를 탈 무렵 그 은행을 그만두게 되었을 때는 온 마을이 떠들썩했다.

사방팔방 다니면서 은행 홍보를 하던 사람이, 은행에서 학비를 대주어 가며 공부까지 시킨 사람이 부은행장의 인종 차별적인 대우에 항의해 사표를 냈으니 크다면 큰 사건이었다. 은행장과 주주회장이 내가 제출한 사직서를 들고 직접 우리 집으로 찾아와 사과했다.

다시 돌아와 주기만 하면 원하는 대로 해줄 것이며, 사무실도 따로 주고 부은행장과는 그 어떤 업무도 함께 하지 않아도 된다고 거듭 다짐을 했다. 하지만 고집불통 금메달감인 내 결정은 확고부동했다. 그리고 은행을 그만둔 뒤 곧바로 조그만 가게를 얻어 바느질 가게를 시작했다. 콜로라도에서 만들었던 하얀 블라우스의 해프닝이 일로 연결되는 순간이기도 했다.

저먼 타운에 가게를 열다

이사한 뒤 방 하나를 치우고 바느질 방으로 만들었다. 세탁소 바느질감을 가져다 집에서 하고 있던 때이기도 했다. 그런데 일이 점점 많아지면서 고객들이 집을 찾기가 어렵다며 오기로 한 약속을 어기고 오지 않는 일이 잦아졌다. 나는 아무래도 가게를 얻어야겠다고 생각했다. 어머니도 남녀노소 할 것 없이 집안에 들어와서 옷을 벗고 입는 것이 보기 싫다고 하셨다.

가게를 얻어 나가기로 결정하면서 기왕이면 부자동네로 가야겠다는 생각이 들어 겁도 없이 저먼 타운에 월세 1,500불짜리 가게를 보고 덜컥 5년이나 계약을 했다. 계약기간이 만료될 때까지는 월세를 인상할 수가 없는 걸 알고 있었기 때문에 3년밖에 안 된다는 것을 사정사정하여 5년으로 계약을 했다.

그러나 계약 만료 전에 사업을 그만두게 되어도 5년 임대료를 지불해야 하기 때문에 사업의 크고 작음을 막론하고 5년 계약은 상당한 크기의 도박이었다. 다행히 가게는 잘되었다. 소문이 나기 시작하면서 세탁소도 열두 곳이나 거래를 트고 백화점 일도 맡아 하게 되었다. 그래서 일하는 사람들도 구하고 운전기사를 채용해서 매일 아침 일찍 세탁소와 백화점을 돌며 일감을 가지고 왔고, 끝난 일은 이튿날 배달해 주었다. 그 가게에서 바느질을 한

지 4년쯤 지낼 무렵에 저먼 타운에 도시 계획을 했는데 새 도로가 우리 가게가 있는 빌딩 한가운데 나기로 결정되었다는 정보를 얻었다.

그 건물이 헐린다는 것이다. 집주인에게 물었더니 자기도 듣긴 들었는데 확실하지 않다고 얼버무렸다. 한 달이라도 더 임대료를 받아 내겠다는 속셈이었으리라. 수전노로 소문난 그 유대인 할아버지로서는 당연한 얼버무림이었다. 계약만료 기간인 5년이 두 달 정도 남아 있던 어느 날, 복덕방 친구가 와서 어느 안과의사의 죽음에 대해 이야기를 해주었다. 우리와 동갑이면 아직 젊은데 어느 날 아침 출근한 지 30분도 채 안 되어 심장마비로 죽었다는 것이다. 그리고 그 의사의 사무실 건물이 바로 우리가게 뒤쪽에 있다고 했다.

당장 그 건물에 대해 알아보라고 부탁했다. 그랬더니 이튿날 인터넷에서 사진과 주소를 뽑아 오고 그 의사의 부인 전화번호를 구해 왔다. 아담하고 보기 좋은 건물이었다. 죽은 의사의 부인인 나탈리 윌슨과 통화한 뒤 복덕방 친구와 함께 그녀를 만나기로 한 시간에 맞추어 그 건물로 갔다. 그 건물에 들어서면서 깜짝 놀랐다. 사무실 벽은 온통 손녀들의 사진으로 덮여 있었다. 그녀의 남편이 쓰던 의료기구들도 그대로 있었다.

그녀는 울면서 그이가 죽은 후에 처음 들어왔는데 금방이라도 웃으면서 "내 사랑 나탈리 왔어?" 할 것 같아서 눈물이 그치지

않는다고 했다. 슬피 울면서도 내가 들어서는데 "이 여자가 건물 주인이다"라는 생각이 번쩍 들더란다. 건물을 사겠다는 사람이 두 사람 있었으나 건물을 보여 주지도 않았다고 한다. 어쩐지 느낌이 좋지 않아서였단다.

나에게 혹시 크리스천이 아니냐고 물었다. 나는 상당히 진지한 크리스천이라고 했더니 손을 덥석 잡으면서 이 건물 꼭 사라고 했다. 그러면서 또 울었다. "나탈리 여사, 원하시는 가격 그대로 드리겠습니다. 흥정도 하지 않겠습니다. 제발 울지만 마십시오. 제가 사서 이 건물 잘 지키겠습니다. 걱정 마세요."

그녀는 눈물을 닦고 깜짝 놀라며 얼마인지도 모르면서 그런 말을 하느냐고 했다. 한 가지 조건이 있긴 있는데, 그것은 나는 바느질 가게를 해야 하니 바닥에 있는 카펫을 걷어내 주고 전기를 다시 공사해서 좀 밝게 해달라고 했다.

그녀는 그 건물을 뜯고 공사하는 것은 볼 수가 없으니 마음대로 공사하고 그 비용을 건물 가격에서 빼주겠다고 했다. 그 뒤 교회에서 찰스 형제님이 오셔서 모든 공사를 맡아서 해줬다. 나는 그렇게도 안 하겠다고 다짐했던 이사를 또 하게 되었다. 2008년 2월에 있었던 일이다. 아, 세월이여. 그대는 어찌 그리 서두르시는가?

뇌물 작전

헌터 씨는 참 친절한 백인 아저씨다. 시영 전기회사 부사장인데, 손으로 하는 일은 뭐든지 잘하고 기계도 잘 다루고 고치기도 잘한다. 못 하나 박고 사진을 거는 일에서 하수도, 상수도 공사에 지붕 고치는 일까지 못하는 일이 없다. 내가 그 아저씨의 재주에 관해 상세히 아는 것은 그 사람 소유의 타운 하우스에 5년간 세 들어 살았기 때문이다. 좀 오래 된 낡은 집이어서 거의 주말마다 무엇인가를 손보거나 고쳐야 했다. 따로 관리인을 두지 않고 그가 직접 했다. 내가 집을 사서 나가야 한다고 했더니 자기 일처럼 기뻐해 주면서 축하한다는 말을 수차례 했다. 그 사람 집에 세 들어 살면서 어떤 문제도 없었고, 정도 많이 들었다. 화가인 그의 아내는 가끔 놀러 와서 내가 바느질이나 뜨개질하는 것을 지켜보면서 신기해하기도 했고 때로는 가르쳐 달라고도 했다.

그들의 축하를 받으면서 집을 사서 나가기로 결정했다. 하지만 융자를 받는 것이 문제였다. 미국에서는 집을 산다고 해서 즉시 내 집이 되는 것이 아니다. 보통 15년에서 30년까지 집값을 나누어 내야 하는데, 부자들도 집은 융자를 받아서 산다. 세금 혜택을 받기 위해서다. 신용 등급에 따라 4-15퍼센트까지 이자율도

다양하다. 돈이 있어서 선금을 많이 낼 수 있으면 할부금 액수가 작지만, 내 경우는 한 푼도 없는 경우라서 융자신청서에 선금을 0불이라고 적어 냈다. 돈 내는 일은 전기세에서 아파트 세까지 정확히 날짜 맞추어 내 온 덕분에 신용이 아주 좋은 편이다. 그래서 이자율을 4.75퍼센트로 끌어내릴 수가 있었다.

그러나 그렇게 낮게 끌어내리기까지 그 과정은 지옥이 따로 없다는 말이 저절로 나올 만큼 고통, 그 자체였다. 제일 먼저 융자 회사에서 요구하는 것은 지난 5년간의 은행구좌 기록을 봐야겠다는 것이었다. 수표가 부도 난 기록이 5년 안에 한 번이라도 있으면 아예 생각을 접으라는 것이다. 나는 그때만 해도 모든 기록을 1년쯤 보관하다가 버리고 있었다. 그래서 은행에 가서 360불의 수수료를 내고, 지난 5년간의 기록을 뽑아서 건네주었다.

그 이후로 나는 모든 기록을 10년씩 보관하고 있다. 360불짜리 교훈이다. 다행히 부도수표를 쓴 적이 없어서 통과가 됐는데 이번에는 자동차 할부금, 백화점 카드를 포함한 모든 크레딧 카드 기록을 가져오라고 했다. 생각할수록 너무 한다는 말이 절로 나왔다. 하지만 꾹 참았다. 아무리 연구하고 고민해 봐도 결국 아쉬운 사람은 나다. 그들이 원하는 기록을 모두 준비해 가지고 가는 날, 초코칩 쿠키를 만들어서 예쁜 선물상자에 담아 가지고 갔다. 소위 뇌물이었다. 융자회사 사장이 너무 고약해 보여서 관계를 좀 부드럽게 만들어 보자는 심사였다.

아니나 다를까. 그 융자회사 사장이라는 사람은 그 쿠키 상자를 열면서 얼굴이 환해졌다. 쿠키 한 개를 잽싸게 집어먹더니 옛날 어린 시절 자기 할머니가 만들어 주시던 쿠키맛과 똑같다면서 호들갑을 떨었다. 예상했던 대로 지독하게 깐깐하던 그 사람이 완전히 순한 아기양이 되었다. 그리고 그는 왜 그렇게 깐깐하게 굴어야 했는지를 설명하기 시작했다. 이혼녀가 집을 사겠다고 융자 신청을 하면 일부러 더 깐깐하게 굴면서 트집을 잡아 저절로 포기하게 한다고 고백했다.

왜냐하면 대부분 여자들이 이혼을 하자마자 제일 먼저 전 남편에게 보란 듯이 큼직한 집을 산다는 것이다. 즉 "내가 너 없어도 이렇게 집도 사고 차도 사고 신나게 산다"고 외치면서 그걸 보여 주기 위해서 무리를 한다는 것이다. 그렇게 억지로 사놓고 대부분 서너 번 할부금을 부은 다음에 힘들면 파산 신고를 해버린단다. 그러는 바람에 주택 융자회사에 엄청난 손해를 끼친다고 한다.

그래서 내 신청서를 보고 이혼녀라는 사실을 알아냈고, 별의별 꼬투리를 다 잡으면서 내가 포기하기를 기다렸다고 한다. 5년 전에 자동차 값 며칠 늦게 낸 것을 물고 늘어진 것도 내가 그것을 치사하게 여겨 그만두기를 바랐노라고 고백했다. 그렇게 나에게 융자를 안 해주려고 작정한 사람에게 집에서 직접 구운 초코칩 쿠키 한 상자를 뇌물로 주고 융자를 얻어 내어 집을 사게 된 것이다.

벼랑 끝, 때로는 배짱으로

홀로서기는 주위 사람들로 인해 더 힘들어질 때도 있었다. 그러나 또한 그로 인해 얻은 교훈도 많았다. 오랜 세월을 함께 살던 남동생이 술 먹고 운전하다 사고를 냈다. 다행히 다친 사람은 없었다. 자동차를 고속으로 몰고 건물 안으로 들어간 것이다. 컴퓨터를 판매하고 수리하는 가게였는데 나중에 가서 보니 상당히 큰 건물이었다. 한밤중에 일어난 일이어서 근무 중인 사람은 한 명도 없었고 야간 경비원이 한 사람 있었는데, 사고 당시에 배가 고파서 간식을 사러 나갔다고 한다. 동생이 우리 집에 살면서 한두 번 겪은 일이 아니었기 때문에 나는 그저 사람이 다치지 않았다는 사실에 감사했다.

문제는 자동차도 보험도 모두 내 이름으로 되어 있다는 것이다. 건물도 자동차도 모두 보험 처리가 됐으나 건물 주인과 컴퓨터 수리공 등 모든 직원이 한꺼번에 차주인인 나를 상대로 손해배상 청구를 해왔다. 정신적인 피해도 있었고 건물 수리하는 동안 일을 할 수가 없었다고 피해보상을 요구한 것이다. 그 액수가 10만 불이었는데, 그만한 사고에 대해 요구한 금액치고는 별로 큰 것은 아니었으나 나에게는 엄청난 액수였다. 당시 환율이 1,000원이었을 때니까 우리나라 돈으로 1억이었다. 당시 내 형편에는 구경도 할 수 없는 천문학적인 액수였다. 집은 아직 사기 전이었고 아파트에서 살고 있을 때였다.

직장생활도 하고 있었고 저녁에는 세탁소에서 바느질감을 가져다가 일하고 있었던 때였다. 주위 사람들은 변호사를 사서 싸우라고 했지만, 솔직히 말해서 나에게는 변호사 비용도 없었다. 고민을 거듭한 끝에 고소인 측 변호사에게 전화를 걸었다. 정중하게 내가 누구인지를 밝혔더니 내 말은 들어보지도 않고 바쁘다고 전화를 끊어 버렸다. 몇 번씩 시도해 봤으나 결국 변호사와의 통화는 이루어지지 않았다. 처음 통화했을 때 "법정에서 보자"는 한마디를 하고 끊어 버린 것이 전부다. 법정으로 가면 내가 지게 되어 있는 것은 누구보다 잘 알고 있었다. 통역한답시고 설치고 다니기도 했지만, 동생이 심심찮게 사고를 치고 다닌 덕분에 수많은 변호사들에게 돈 빌려다 바쳐 가며 배운 법적 지식이 상당했던 까닭이다. 그래서 이 경우에는 반드시 내가 진다는 것을 안다.

생각 끝에 아이디어가 떠올랐다. 자동응답기였다. 밤늦은 시간에 그 변호사의 전화번호를 돌려서 메시지를 남겨 두기로 했다. "전화를 안 받아 주시니 남기는 메시지입니다. 꼭 들으셔야 합니다. 제 이름은 조월호이며 당신이 당신의 의뢰인을 위해 고소장을 보낸 바로 그 사람입니다. 저의 사회보장번호(Social Security, 일명 사회복지번호. 미국인이 태어나면 가장 먼저 받는 번호로서 사망 신고할 때까지 항상 필요하며 한국의 주민등록번호 같은 역할을 한다)는 ○○○ 번이고 직장에서 수입은 ○○불이며 부양가족으로는 부모님과 딸 그리고 동생이 있습니다. 집이 없어서 아파트에서 월세로 살고 있고 자동차 할부금은 아직 3년을 더 부어야 합니다.”

여기까지 말했는데 삐-익 소리를 내며 응답기가 꺼져 버렸다. 한참 기다렸다가 다시 전화를 걸어 말을 계속했다. “나는 가진 것이 아무것도 없습니다. 단 한 가지 내 것이라 할 수 있는 것은 오늘 아침 현찰을 내고 자동차에 넣은 가솔린 10갈론뿐입니다. 그걸 원하시면 드리겠습니다. 그 외에는 당신께 드릴 그 어떤 것도 없습니다. 미안합니다.”

속칭 “배 째라”고 외치며 드러눕는 것이었다. 너무 꺼림칙하고 자존심 상하는 짓이었지만 달리 좋은 방법이 없었다. “아이고 내 팔자야”를 외치며 한바탕 울고 나니 기분이 좀 풀렸다. 그리고 점점 그 일을 잊고 열심히 일만 했다. 그리고 4개월 후에 피해자 측에서 고소를 취하했다는 짧은 편지를 받았다. 그리하여 내 재산의 전부인 가솔린 10갈론을 지킬 수 있었다.

9.11 사태를 보는 눈

세계를 경악시키고 지구를 뒤흔들어놓은 9.11 쌍둥이 빌딩 폭파사건이 나던 날 아침, 나는 세탁소에서 바느질을 하고 있었다. 바느질을 끝내고 9시에는 옷가게로 출근해야 하기 때문에 새벽에 세탁소로 가서 그날 바느질을 서둘러 끝내야 했다. 주인아저씨가 TV에서 뉴스를 보다가 내가 바느질하고 있는 곳으로 달려와서 "뉴욕에 무슨 비행기 사고가 난 것 같은데, 진주 엄마, 뉴욕에 가족 살지요? 무사한지 전화해 봐요"라고 말했다.

당장 뉴욕에 사는 오빠한테 전화를 걸었다. 그냥 단순한 비행기 사고라면서 걱정하지 말라고 했다. 물론 그 시간에는 그 어떤 것도 밝혀지지 않은 상태였으니까 그렇게 말할 수밖에 없었다.

그러나 그날 오후에는 이미 지구상에서 숨 쉬며 살고 있는 모든 사람이 입을 다물지 못했고, 울분을 터뜨리고 있었다. 그때 나는 멤피스 시청 산하에 있는 다민족 친목회에 가입되어 있었고, 그 단체 회의에 참석하면서 멤피스 시장의 여비서와 알게 되어 친구가 되었다. 바로 그 친구가 9.11이 일어난 지 이틀 만에 전화를 걸어왔다.

9.11에 대해 멤피스지역 다민족 친목회원들 중 각국 대표로

한 사람씩 연설하기로 되어 있으니 나에게 한국 대표로 나와 달라고 했다. 일종의 간담회였다. 약속한 시간에 시청에 가니 별의별 나라 사람들이 다 와 있었다. 15개국 출신의 사람들이 모였던 것으로 기억한다. 한 사람에게 15분씩을 주면서 자기 모국의 입장에 서서 의견을 말해도 좋고 개인적인 견해를 말해도 좋다고 했다. 의견이 분분했으나 대부분이 잡아 죽이자는 말이었다. "미국을 만만히 본 것이다, 범인을 잡아 산산조각을 내야 한다. 눈에는 눈으로 이는 이로" 등 거의 모두가 범인들을 잡아 똑같은 방법으로 폭파시켜 죽여야 한다고 떠들어댔다.

내 차례가 되어 앞으로 나갔다. 갑자기 받은 초대였기 때문에 특별히 준비한 것은 없었다. 그러나 하고 싶은 말은 많았다. 솔직한 내 마음을 이야기하고 싶었다.

"말씀 잘 들었습니다. 저도 처음에 이 사건에 대해 들었을 때 여러분과 같은 생각이었습니다. 똑같은 방법으로 죽여야 한다는 것 외에는 그들을 처단할 그 어떤 방법도 없다고 생각했습니다.

그러나 여러분, 제가 이 말을 한 후에 여러분께 맞아 죽을지도 모르지만 꼭 해야 할 말이 있습니다. 이 자리에 모인 우리는 모두 종교가 다르고 언어가 다르고 문화가 다릅니다. 한 가지 공통점은 하나님의 존재하심을 믿고 인정하는 사람들이라는 것입니다.

신은 누구신가요? 죽이는 신입니까? 아닙니다. 그분은 살리시는 분입니다. 용서하시는 분입니다. 그런 신을 믿고 살아가는 우리는 기도해야 합니다. 죽은 사람들과 그들의 가족을 위해서 그리고 이 엄청난 죄를 지은 범인들을 위해 기도해야 합니다. 그리고 지금 당장은 분하고 미워도 차차 용서할 수 있어야 합니다. 여러분, 우리 함께 노력해 보시지 않으렵니까? 용서받지 못할 죄를 지은 자들을 용서해 보시지 않겠습니까?"

대강 이런 내용이었는데 처음에는 단 한 사람도 박수를 치지 않았다. 다른 사람들이 연설할 때는 환호에 박수까지 아끼질 않더니 내 말이 끝났을 때는 조용하기만 했다. 그중에 서아프리카에서 왔다는 한 남자가 일어나서 박수를 쳤다. 이어 한 사람씩 한 사람씩 일어나 박수를 치기 시작했다. 그때는 그 모든 것이 비디오카메라에 담겨지고 있다는 것을 몰랐는데, 이튿날 시장실에서 전화가 와서 알게 되었다.

"당신의 연설에 대해 말이 많습니다. 여성이 어떻게 그렇게 대담합니까? 그렇게 용기 있는 연설을 해줘서 정말 감사합니다." 부시장이 직접 전화를 해왔다. 사실 나는 솔직한 내 심정을 이야기했을 뿐이지 다른 사람들보다 특별히 용기가 있거나 더더구나 신앙심이 깊은 것도 아니었는데, 그것이 약간의 물의를 일으킨 모양이다. 혼자 잘난 척한다고 쑥덕거리는 사람도 있었다.

그러나 나는 9.11이 나에게 선물해 준 욕이라면 달게 받고 싶었다. 확실히 잘난 척하는 사람으로 보였을 것이다. 나 아닌 다른 사람이 그런 말을 했다면 나도 앞장서서 그를 욕했을 것이기에…. 그 사건 이후 세계 경제가 어떻게 되었고, 어디서 무슨 전쟁이 얼마 동안 계속 되었는지 그리고 지금까지 경제가 어떻게 뒤죽박죽이 되고 있는지 내가 굳이 말할 필요가 없겠다. 9.11, 그 분하고 원통함 그리고 미움은 아직도 자다가도 벌떡 일어나게 한다. 내가 아무리 용서를 떠들고 기도 운운하며 거룩한 척하여도 아직 멀었다. 내 마음 깊은 곳에서 완전히 용서가 될 때까지는 상당한 시간이 걸릴 조짐이다.

폭탄을 맞은 기분이 어떤 것일까? 아무래도 우리 모두가 처음 9.11 사태가 났을 때와 그 배후 인물이 누구인가를 알았을 때 기분, 그것이 아닐까?

내 생애 최고의
선물, 진주

3

가슴으로 낳은 내 딸

　　딸의 입양기를 쓰자면 하는 수 없이 내 자랑을 좀 해야 하는데 자랑을 위한 자랑이 아니다. 말하다 보면 은근히 내 자랑이나 하고 싶어 하는 얼간이로 보일 수도 있다는 뜻이다. 나는 송탄에 살 때 미 공군 기지에 있는 미국 은행에 취직하기 위해서 이력서를 낸 적이 있다. 물론 미국 군인가족 자격으로서다. 미국인 은행장이 있었고, 그 아래 부은행장이나 대부분의 직원들은 한국인이었다. 인터뷰하러 오라는 연락을 받고 갔더니 미국인 은행장에게 인사만 하고 인터뷰는 한국인 부은행장이 진행했다. 몇 가지 질문을 한 후에 나에게 영어를 잘하느냐고 물었다.

　　"예, 별 불편 없이 할 수 있습니다"라고 말했다. 내가 겸손하지 못하고 잘난 척하는 게 그리 호감이 가지 않았는지 "상당히 자신만만하시군요" 하더니 영자 신문을 가지고 와서 읽어 보라고 했다.

　　나는 은근히 화가 났다. 내 실력을 무시한 것 같아서였다. 그래서 툭 쏘아붙이는 어조로 말했다. "영어성경을 읽을 수 있습니다. 구어체로 된 것까지 읽을 수 있지요." 나는 계속 잘난 척했다. 어이없다는 표정으로 "신문을 소리 내어 읽어 보세요"라고 했다. 사실 읽기가 회화보다 훨씬 쉬웠다. 학교에 다닐 때도 나는 영어를 좋아했다. 그리고 미군부대에서 오래 근무하신 외삼촌이 우리 집에 함께 살면서 어려서부터 우리 7남매에게 영어를 가르쳐 주셨기 때문에 발음도 정확한 편이었다. 영어에 취미와 소질이 있던 외삼촌이 미군부대에서 미국인 발음 그대로 우리에게 전수해 주신 것이다. 그때 외삼촌은 우리에게 주옥같은 팝송도 가르쳐 주셨는데, 지금도 가끔 부르는 아름다운 노래들이다.

아무튼 나는 그 부은행장이 던져 준 신문을 소리 내어 읽었다. 창구에서 일하던 사람들도 흘끔흘끔 쳐다보며 동물원 원숭이 구경하듯 했다. 허리 아래까지 치렁치렁 늘어뜨린 머리에 깡마른 체구, 전혀 예쁘지도 않은 얼굴을 가진 여자가 요란하게 영어신문을 줄줄 읽어내려 가는 것이 몹시 신기했던 모양이다.

나는 즉시 채용되어 은행 창구에서 일하게 되었다. 은행은 평소에는 별로 바쁘지 않았다. 그러나 월급날이 한 달에 두 번 있었는데, 그때는 몹시 바빴다. 나는 그때 최해숙 사모님 외에 또 다른 한 여인을 만났는데, 미 공군 여자 대위 패트리샤였다. 애칭으로 '패트'로 통했다. 노랑머리에 파랑색 눈을 가진 전형적인 백인 여자였다. 그녀는 아무리 줄이 길어도 꼭 기다렸다가 내 창구에 와서 일을 보고 갔다. 다른 한국 직원에 비해 내 발음이 알아듣기가 쉽다는 것이 이유라고 했다. 하지만 아마 내가 하도 수다를 잘 떠는데다 손님인 그녀를 오랜 친구처럼 대하면서 자꾸 말을 걸어서였을 것이다.

그의 남편은 한국인 산부인과 의사 이세풍 박사님이었다. 그녀는 남편 못지않게 한국을 사랑하고 된장국을 좋아했다. 그리고 유니폼을 입지 않아도 될 때에는 반드시 고무신을 신고 다녔다. 자기가 끓인 김치찌개 맛이 일품이라고 떠들어대는, 생김새만 미국여자이지 완전한 한국여자였다.

그런데 어느 추운 겨울날, 그가 눈이 붉으스름한 채 내 창구 앞에 서 있었다. 분명히 운 흔적이었다. 그 이유를 물었더니 아무도 키우기를 원하지 않는 한 신생아에 대해 말하기 시작했다. 자기 남편 이 박사가 근무하는 오산기독병원에서 제왕절개로 태어난 미숙아가 있다고 했다. 임신 6개월 만에 산모가 출혈이 심하여 아기를 포기하기로 하고 제왕절개를 강행하여 산모를 살렸다는 것이다.

아이가 숨을 쉬지 않고 있어서 그대로 구석에 방치해 둔 채 산모의 수술을 끝내고 보니 2킬로그램도 채 되지 않는 조산아가 숨을 쉬고 있더란다. 서둘러 아기를 인큐베이터에 넣었는데, 산모는 병원비를 낼 수도 없을 뿐더러 당시 아기의 아버지인 산모의 남편이 집안 살림에 별로 신경을 쓰지 않아 이혼 이야기까지 오가는 상태였다고 한다.

그래서 이 박사가 입양을 권면했다. 그의 아내가 미공군 장교 부인회에 의뢰했는데, 네 쌍의 장교 부부가 가서 아기를 보더니 한결같이 고개를 저으며 "저렇게 약한 아기를 키울 수가 없다"고

했다면서 눈물을 흘렸다. 나는 무릎을 탁, 치면서 말했다.

"패트 대위님, 그 아기 제 딸입니다. 제가 3년간 기도해서 얻어낸 응답입니다."

"어? 내가 알기로는 한국 여자들 아들만 좋아하지 않나요?" 그는 의아해했다.

"아닙니다. 저는 아들은 싫고 딸이 좋아서 딸을 구했어요."

나는 그에게 당장 아기가 있는 조산아실로 나를 데려가 달라고 했다. 그래서 곧 생후 3일 된 내 아기를 만나러 갔다. 결혼식을 올렸지만 아직 수속이 끝나지 않은 남편과 함께였다. 아기는 인큐베이터 안에서 태어나기 전 모습 그대로 웅크린 자세로 엎드려 있었다. 그런데 나와 이 박사님만 빼고는 그 누구도 믿을 수 없는 일이 일어났다.

아기가 눈을 뜨지도 않고 움직이지도 않은 채 겨우 숨만 쉬고 있어서 간호사들이 눈을 뜨게 하려고 손가락으로 눈을 벌려 보기도 했지만 눈을 감은 채 미동도 하지 않던 아기가 내가 조산아실에 들어서는 순간 그 작은 눈을 뜨더니 눈동자를 문 쪽으로 굴리면서 새끼손가락을 움직인 것이다. 이 박사는 "아, 아기가 엄마를 기다렸군요" 하면서 박수를 치며 기뻐해 주었다.

그러나 남편은 고아원에 가서 건강한 아이 몇 명도 좋으니 입양하자면서 나가 버렸다. 저런 아이를 어떻게 키우냐는 것이었다. 하지만 내 마음은 아기를 만나기도 전에 이미 정해져 있었다.

의사가 아기를 가질 수 없다고 말했을 때 즉시 딸 하나 달라고 하나님께 3년간 떼를 썼다. 그런데 어찌 포기할 수 있겠는가. 결국 내가 울고불고 그 아이 없이는 미국에 가지 않을 테니 당신 혼자 가라고 협박 공갈(?)을 했다. 그래서 다시 한 번 가보자는 말을 듣게 되었다.

며칠 후에 다시 가보니 아기는 황달까지 걸려서 누렇게 떠 있었다. 남편은 전과 똑같이 빨리 고아원에 가서 건강한 아이를 입양하자고 했다. 저런 아기 키우다가 잘못되면 그 죄책감을 어찌할 거냐며 절대 안 된다고 했다. 결국 나는 단식투쟁에 들어갔다. 식음 전폐하고 누운 지 일주일 만에 탈수로 응급실에 실려 가면서 입양하기로 결정했다. 남편은 울며 겨자 먹기로 허락할 수밖에 없었다.

이 박사는 산모 수술할 때 아이를 한 시간쯤 방치해 두어 산소 공급이 되지 않아 뇌에 지장이 있을 수도 있고, 조산아여서 심장이 완전히 발육되지 않았을 수도 있다면서 함께 최선을 다해 보자고 했다.

"손가락이 하나여도 내 새끼요, 심장이 반쪽이어도 내 새끼니 잔소리 그만하십시오." 이 명언(?)을 남기면서 나는 가슴으로 내 딸 진주를 낳았다.

사랑스런 나의 선생님

우리 교회 식구들은 조월호 자매님 얼굴 환해지는 것을 보고 싶으면 '진주'라고 말하면 된다고 한다. 내 딸 진주는 그렇게 나에게는 '행복' 그 자체다. 딸아이가 다섯 살 때 학교에 입학해야 하는데 동양인이 한 사람도 없는 시골학교에서 놀림받을 것이 분명했기 때문에 미리 거기에 대응하는 방법을 가르쳐 줘야 했다.

일단 아이를 집에서 가까운 공원으로 데리고 갔다. 아빠가 미국 사람인데 아이는 키가 작고 까무잡잡한 한국 사람이니 아이들이 놀려 댈 것을 나는 누구보다 잘 알고 있었다. 그래서 딸아이에게 입양 사실을 이야기해 주었다. 아이는 입양이라는 단어 자체를 확실히 이해하지 못하는 것 같았다. 고개를 갸우뚱하는 딸아이에게 쉽게 설명하는 방법을 곰곰이 생각해 봤다. 아이의 손을 잡고 천천히, 쉬운 말로 설명하기 시작했다.

"진주야, 엄마는 너처럼 예쁜 딸을 갖고 싶었는데, 아기가 생겨야 하는 뱃속에 고장이 났단다. 그래서 하나님께 열심히 기도 했더니 어떤 아주머니의 뱃속을 빌려도 된다는 응답을 해주셨지. 그래서 한국에 있는 어떤 분의 배를 빌려서 너를 낳았단다. 네가 태어났을 때 엄마가 병원으로 너를 데리러 갔던 거야. 그것을 입양이라고 한단다.”

아이는 아직 확실히는 모르겠다는 표정이 역력했다. 잠깐 잠잠하더니 진주는 나를 빤히 쳐다보면서 이렇게 물었다.

“그럼 나는 엄마가 둘인가요?”

“엄마는 한 사람인데, 그분의 뱃속을 잠깐 빌려서 너를 낳았단다. 혹시 살면서 그분과 가족을 만나고 싶으면 언제든지 이야기해. 궁금해 하면서 엄마 눈치 보지 말고 말이야.”

그 뒤 아이는 성장하면서 입양한 사실을 점점 더 이해하는 것 같았다. 지금 생각해도 가슴이 아리는 것은 가끔 아이가 하는 질문들이다.

“엄마, 나를 왜 병원에서 데리고 왔어요?”

“응, 너는 내 딸이니까.”

또 어떤 때는 무엇을 잘못해서 혼나거나 벌을 받거나 매를 맞고 나면 반드시 “엄마, 나 아직도 사랑해?”라는 질문을 해왔다. 그때마다 나는 “진주야, 엄마는 널 위해서 죽을 수도 있단다. 너에 대한 엄마의 사랑은 무조건이야. 네가 아무리 큰 죄를 지어도 그 사랑은 변치 않아. 모녀지간은 하늘이 정하신 거야”라고 대답해 주곤 했다.

아이는 자라면서 나에게 크나큰 기쁨이었다. 물론 어렸을 때는 어려움도 많았다. 우유를 먹기만 하면 토해 내서 미국에서 특수 우유를 주문해서 먹여 보았지만 허사였다. 매일 병원에 가서 영양제 몇 방울을 입에 떨어뜨리기도 했지만, 정상적인 발육은 까마득한 일이었다. 그때 한의사이신 아버지가 "그 애가 소 새끼여? 우유를 먹이게? 쌀을 먹여, 쌀을!" 하고 한마디 하시는 바람에 방앗간에 가서 쌀을 곱게 빻아 우유 빛깔 나는 묽은 미음을 쑤어서 우유병에 담아서 먹였더니 신기하게도 토하질 않았다. 그렇게 진주는 쌀죽을 먹고 무럭무럭 자라서 학교에 가게 된 것이다. 아이는 참으로 영특했고 끈기가 있었다.

성적표에는 언제든지 A뿐이었다. 네 살 때부터는 피아노도 배우게 했다. 음악적인 재질도 타고난 것 같았다. 6학년이 되면서 학교 밴드부에서 활동했고, 11학년이 되어서는 밴드 지휘자가 되었다. 언어도 재능이 대단했다. 아홉 살 때는 자신이 입양된 사실을 자랑스럽게 쓴 '두 배로 소중한 아이'로 주에서 주최하는 백일장에서 장원을 한 일도 있었다. 그렇게 아이는 내게 큰 기쁨일 뿐 아니라 '삶' 그 자체였다.

혼자가 되면서 그 힘든 시간에도 아이는 내가 살아야 할 이유였다. 대학에 가면서 떨어져 지내는 동안에도 우리는 하루에 대여섯 번 전화를 하는 것으로 그리움을 달랬다. 전화 내용도 뭐 별로 중요한 건 없다. "머리 아파요. 배 아파요. 방금 일어났어요. 시내버스를 탔어요. 옆자리에 잘 생긴 남자가 앉았어요. 점심시간이에요. 날씨가 좋아요. 눈이 오니까 엄마 생각이 나요" 등이다.

진주는 무슨 일이든지 확실히 옳다고 판단되면 밀고 나갔고, 내가 적당히 지나가려고 하면 즉시 지적해 주었다. 아이가 점점 나의 선생님이 되어가고 있었다.

대학 마치고 직장 생활할 때도 그 고지식하고 철두철미한 아이가 "옳지 않은 일은 절대 할 수 없다", "진실은 목숨보다 중요하다"는 신념을 고수하고 있다. 내 딸 진주는 가끔씩 엄마를 따끔하게 혼내는(?) 사랑스러운 선생님으로 성숙해 가고 있다. 그런데 한 가지 실패했다면 실패했다고 할 수 있는 것은 세상사가 가끔은 타협이 필요하다는 것을 가르치지 못한 점이다.

옳다고 결정되면 목숨 걸고 밀어붙이고, 그른 일은 목숨 걸고 할 수 없다는 어미 모습을 보고 자랐으니 어쩌겠는가. 아이는 이제 어미의 복사판이 되어 예순이 되어서야 겨우 가끔은 타협도 필요하다는 지혜를 터득한 어미를 가르치는 선생님이 되어 있다. 사랑스런 나의 선생님, 진주!

열여섯 번째 생일선물

딸아이가 열세 살이 되던 해 생일 파티 초대장을 보내면서 이렇게 썼다. "나는 이제 법적으로 십대가 되었음을 만천하에 알리는 바입니다." 그렇게도 좋을까. 말끝마다 '십대'라는 말을 연발하면서 어른이 된 것처럼 굴었다. 그렇게 십대 노래를 하면서 열여섯 살이 될 무렵 운전면허를 따겠다고 학교에서 운전 교육반에 등록하면서 법석을 떨었다. 나는 그저 모른 척, 속으로는 자기가 아무리 설쳐도 면허 시험에 합격할 리가 없다고 생각하면서 안심하고 있었다.

첫째, 자동차가 없으니 연습할 기회도 없었기 때문이다. 그런데 이 아가씨가 1월 28일에 열여섯 살이 되고 1월 29일에 운전면허 시험을 보더니 덜컥 합격해서 면허증을 받아 온 것이다. 면허증을 내 얼굴에 들이미는데 "오, 그래? 축하한다. 장하다. 내 딸"하며 마음에도 없는 말을 외치며 다독거려 주었다.

그 무렵 어느 날 새벽 4시, 출근길에 비가 부슬부슬 내렸다. 어두워서 길 한가운데 자동차 엔진 오일이 쏟아져 있는 걸 보지 못해 미끄러진 차가 빙 돌면서 길 옆 웅덩이로 굴러 떨어져 버렸다. 나는 크게 다치지는 않았다. 그렇잖아도 덜덜거리고 폐차 일보 직전인 낡은 자동차였는데, 고칠 수도 없게 되어 버렸다. 정비소에서 견적서를 보험회사로 보냈고, 보험회사에서는 폐차 결정을 내리고 나에게 자동차 값 2천 불을 보내 왔다. 그래서 '얼씨구나 좋다' 하면서 그 돈으로 선금을 내고 새 차를 샀다.

딸아이의 열여섯 번째 생일선물로 그 차를 주는 대신에 세탁소 바느질감을 등하교 길에 배달하는 일을 맡는 조건을 걸었다. 뛸 듯이 기뻐하면서 아이는 나를 끌어안고 키스를 퍼부었다. 조건을 단 것이 좀 꺼림칙했지만, 혼자서 꾸려 가는 가난한 살림에 열여섯 살 된 딸아이에게 자동차를 줄 수 있게 되어 기분은 좋았다. 그러나 그 하얀 자동차의 수난시대가 시작될 줄을 누가 상상이나 했으랴!

진주는 경험 부족으로 비만 오면 사고를 냈다. 사고라고 해야 큰 것은 아니지만, 비가 내리고 길이 미끄러울 때는 브레이크를 아주 천천히 미리 밟아야 하는데, 햇빛 쨍쨍 나는 날과 똑같이 앞차 바로 뒤에서 급정거를 하는 바람에 앞차를 툭 치거나 제법 강하게 들이받기도 했다. 그뿐 아니라 과속 티켓이 일주일이 멀다 하고 날아왔다. 핑계가 아주 그럴 듯했다. 운전이 서툴기 때문에 속도 제한 표시를 볼 여지가 없어서 앞만 보고 달리다 보니 경찰에게 들키곤 한다는 것이다.

그러나 진짜 큰 사건은 자동차 할부금을 딱 세 번 부었을 때 일어났다. 큼직한 트럭이 달려오는 걸 못 보 

고 좌회전을 하다가 자동차가 박살이 난 것이다. 전화를 받고 달려가 보니 자동차는 완전히 납작해졌는데 아이는 멀쩡했다. 긁힌 데도, 멍든 데도 전혀 없이 얼굴만 하얗게 질려서 울지도 못하고 있었다. 경찰도 도대체 믿을 수가 없다면서 혹시 몸 안에 출혈이 있을지도 모르니 일단 병원에 데려가 보라고 했다. 내 생각도 마찬가지여서 병원에 데리고 가서 검사를 받았다.

의사가 고개를 갸우뚱거리면서 검사를 두 번씩이나 했지만, 아무 이상이 없다면서 어찌 된 일인지 몸 안도 겉도 말짱하다고 했다. 어머니는 "오메 세상에, 하나님 감사합니다. 하나님이 하셨제. 인간적으로나 과학적으로 이것이 될 법한 일이냐?" 하시면서 기뻐하셨다.

자동차는 폐차 처분하고 보험회사에서 새 차를 보내 왔다. 보험료는 세 배로 뛰어올랐고, 딸아이의 열여섯 번째 생일 선물은 그렇게 사라지고 말았다. 그러나 딸아이는 여전히 새로 나온 차를 몰고 등하교 길에 친구들도 태워주며 잘 다녔다. 친구들은 딸에게 클래식 음악을 제발 좀 꺼달라고 애걸복걸하면서도 자기 엄마 차 타고 등하교하는 것보다 친구 차를 타고 클래식 음악 듣는 것이 낫다면서 잘도 타고 다닌다.

당신을 채용할 수 없는 이유

보스톤에서 학교를 졸업하고 바로 취직이 된 진주는 그 도시에서 8년을 살았다. 한 도시에서 8년을 살았으니 너무 오래 산 것이라고 입버릇처럼 말하던 아이가 드디어 일을 저질렀다. 영국에서 교환학생으로 왔다는 친구와 일주일 예정으로 시카고로 여행을 가더니 거기서 집으로 전화를 했다. "엄마, 나 시카고가 좋아요. 이사할 거예요. 그러니 엄마나 삼촌이 이삿짐 트럭을 빌려 갖고 와서 운전해 주세요."

직장부터 구하라는 내 말은 한 귀로 듣고 한 귀로 흘렸는지 이사 노래만 불렀다. 사실 그때 보스톤에서 일하던 회사에서 나오고 싶어 한 지가 한참 됐다. 중년의 유대인이 주인이고 직원이 약 200명이 되는 조그만 건축설계 회사였다. 진주는 회계부에서 경비 지출을 담당하고 있었다. 회사에서 지출하는 모든 돈은 월급까지 진주가 관리했는데, 세무소에서 조사할 일이 있어도 아무런 하자가 없도록 정리해 두어야 했다. 혹시 조사가 나와도 진주가 그들이 필요한 모든 장부를 보여 주고 설명해야 한다.

고지식하고 머리 아플 만큼 세밀하기로는 두 번째 가라면 서러운 진주에게는 '딱!' 소리가 절로 나오는 그런 직책이었다. 그런데 어느 날 그 머리 아픈 성격의 진주에게 이상한 고지서(청구서)

가 날아왔다. 뉴욕에 자리한 한 고급 호텔에서 온 것으로 사업차 출장이나 손님 접대 등과는 전혀 상관이 없는 개인적으로 쓴 비용으로 사장의 사인이 있었다.

진주가 그 고지서를 사장에게 갖다 주면서 "개인적인 것인데 회사로 잘못 왔습니다"라고 하니 사장은 그냥 회사 경비로 처리하라고 했다. 진주는 "이건 사업과 관계가 없기 때문에 회사 돈으로 지불할 수 없습니다"라고 맞섰다. 노발대발한 사장은 당장 시키는 대로 하라고 했고, 주위 동료들도 그렇게 하라고 충고했다.

그러나 아이는 그걸 끝내 거부하면서 고지서에 나와 있는 집 주소로 그 종이 한 장을 보내 버린 것이다. 그것은 사장이 다른 여자와 바람을 피웠다는 증거였다. 그 고지서를 집에서 사장 부인이 받았으니 그날 밤 그 집안 분위기는 내가 굳이 쓰지 않아도 상상할 수 있을 것이다. 그때부터 사장은 진주를 달달 볶았다. 꼬투리 잡을 일만 노골적으로 찾았고, 소리를 질러댔다. 하지만 결코 파면시킬 수는 없었다. 진주가 한 일이 법적으로 하자가 없었기 때문이다.

그런 판국에 진주가 사표를 내고 시카고로 이사를 간다고 했으니 아마 사장은 춤이라도 추고 싶었을 것이다. 그러나 그때부터 사장의 복수(?)가 시작되었다. 시카고로 이사한 후 이력서를 보낸 곳마다 인터뷰하러 오라고 연락이 오긴 왔는데 인터뷰를 한 후로는 떨어지곤 했다. 나중에 알아보니 전 직장에 연락해서 진

주에 대해 물으면 좋은 말은 없고 심지어 욕까지 해댄다는 것이다.

결국 진주는 지금 일하고 있는 금융회사 인터뷰 때 기회를 얻게 된다. 그 젊은 부사장이 도대체 무슨 일이 있었는데 그리도 악담을 하는 거냐고 물어 온 것이다. 진주는 '때는 이때다' 하며 처음부터 끝까지 사실대로 말했다. 부사장은 배꼽을 쥐고 웃으면서 진주 손을 덥석 잡으며 우리 회사에서도 꼭 그렇게 해달라고 부탁까지 하면서 그 자리에서 채용했다. 진주를 채용할 수 없는 이유가 진주를 꼭 채용해야 할 이유가 된 것이다.

진주보다 겨우 세 살 위인 그 상사는 진주를 보물단지 다루듯이 하면서 모든 경비 지출을 담당하게 했다. 2년 전에는 오르간주로 이사 가고 싶어 포틀랜드 시로 일주일 간 둘러보러 갔다 오니까 승진을 시키고 연봉을 17퍼센트나 올려 주어서 다른 직원들이 수군거리기까지 했다. 그리고 지출 담당 부서 매니저 자리를 흔쾌히 내주면서 진주 눈치를 보았다. 진주는 "엄마, 가끔 이사 간다고 해야겠어요"라고 문자를 보내왔다. 고약한 아가씨~.

스웨덴 출장 사건

어느 날 진주가 조심스럽게 스웨덴 장기 출장을 가고 싶다고 전화를 걸어왔다. 지금 지원자를 받고 있는데 자기도 빨리 지원하고 싶다고 했다. 별생각 없이 원하면 도전해 보라고 했다. 사실은 아이가 결코 뽑힐 것이라고 생각하지 않았기 때문에 별 신경을 쓰지 않았다. 유럽에서는 미국과는 달리 해산 휴가가 길다. 4개월 유급이다.

스웨덴 스톡홀름 지사에 근무하는 여직원이 아이를 낳았는데, 산모가 4개월간 휴가를 가 있는 동안 미국에서 직원을 한 명 보내 달라는 요청이 왔다고 한다. 4개월 근무할 사람을 훈련시킬 수가 없다면서 이미 경험이 있는 사람을 보내라는 것이었다. 그런데 그 모집 광고가 인터넷에 뜨자마자 야단법석이 났다. 월급은 월급대로 받고 그곳에 가면 숙식이 모두 제공될 뿐더러 미국의 주 40시간 근무보다 훨씬 짧은 주 35시간제에 주말마다 유럽 각지, 각 나라를 실컷 구경할 수 있지 않은가!

지원자 수가 300명을 훨씬 넘어서면서 경쟁이 치열했다. 서류 심사를 몇 번씩 하면서 거듭해 걸러낸 후 지원 에세이를 쓰기 시작했다. 여러 과정을 거쳐 최종 3명이 뽑혔는데, 그중에 진주가 끼어 있었다. 정말 그럴 줄 몰랐다. 상상도 할 수 없는 일이었다.

진주를 4개월씩이나 유럽에 보내야 될지 모른다는 생각이 들자 가슴이 철렁 내려앉았다.

그 소식이 들려오던 날 엄마가 꿈을 꾸셨다. 낮잠을 잠깐 주무시는데 꿈에 우편함에 가서 우편물을 꺼내려고 하는데 봉투가 꽉 차 있어서 꺼낼 수가 없었다. 그런데 우편함 위에 조그마한 봉투 한 장이 놓여 있었다. 엄마는 그걸 들고 집안으로 들어오시면서 꿈에서 깨셨다. 그리고 그날 저녁에 퇴근하고 집에 오니까 엄마가 활짝 웃으시면서 말씀하셨다.

"애, 진주한테 전화해라. 스웨덴 출장 가게 되었으니 꿈 값이나 내라고 해라. 천 불만 내라고 해."

그런데 일이 생겼다. 이튿날 아침, 스웨덴 지사장과의 영상 인터뷰가 있는데 그 인터뷰를 통해 한 명이 뽑히게 되어 있었다. 그러잖아도 신경이 예민한 진주는 얼마나 신경을 썼는지 그 중요한 날 아침에 얼굴에 빈틈없이 열꽃 같은 것이 시뻘겋게 핀 것이다. 결국 나는 '기왕 그렇게 된 것 뽑혀서 가거라' 하며 최후의 수단을 썼다.

전화를 걸어서 징징거리는 아이에게 아주 쌀쌀하고 엄한 목소리로 다그쳤다.

"진주, 너의 엄마 이름이 뭐지?"

"조월호." 기어들어가는 모기만한 소리로 진주가 대답했다.

"그래? 네가 조월호의 딸이란 말이지? 내가 알기로 조월호의 딸은 절대 그런 일로 징징거리지도 기죽지도 않는 걸로 알고 있는데….."

이 수법은 100퍼센트 성공률을 가지고 있다. 무슨 일이 있을 때 최후의 수단으로 '너의 엄마' 수법을 쓰면 백발백중 해결된다.

하여튼 그날 영상 인터뷰를 무사히 마치고 진주가 뽑혔다. 할머니 꿈이 적중했다. 시카고에 가서 아이 짐을 꾸려서 비행장에 데려다 주고 우리 모녀는 이도령과 춘향이처럼 안고 대성통곡을 했다. 우리가 하루에 대여섯 번씩 전화를 걸면서 그리움을 달래고 있던 어느 날 가게에 젊은 여자 손님이 들어왔다. 말에 아주 강한 유럽 악센트가 있는 유럽 사람이었다.

그는 외국에서 온 관광객이라고 하면서 이틀 후 미국을 떠나기 전에 바지 한 벌을 줄여 달라고 부탁했다. "외국이요? 외국 어느 나라에서 오셨는데요?"라고 물으니 남자 머리처럼 짧은 머리를 한 그 젊은 여자는 "스웨덴 스톡홀름에서 왔습니다." 그 말이 떨어지기가 무섭게 내가 눈물을 주룩주룩 흘리니까 그 손님은 깜짝 놀라며 어쩔 줄을 몰라 했다.

"제 딸이 그 도시에 장기 출장을 갔거든요." 그 사람은 나를 꼭 안아 주면서 "부럽군요. 우리 엄마는 내가 열두 살 되던 해 돌

아가셨어요"라고 했다. 그 손님이 나간 후 나는 진주에게 전화를 걸었다. 스톡홀름에서 온 사람을 만났다고 하니 "울 엄마 울었지요"라고 한다. "아니, 내가 왜 울어? 안 울었어. 내가 왜 울어. 반갑기만 하드만. 전화 끊어!"

55번 고속도로

진주가 시카고로 이사한 후 나는 기분이 너무 좋았다. 집에서 가까워서 보스톤에 있을 때보다 더 자주 오가며 볼 수 있어서다. 한국 친구에게 전화를 걸어서 “우리 진주가 가까운 시카고로 이사했어. 자주 볼 수 있어서 너무 좋아”라고 신바람이 나서 자랑했더니 친구는 “그렇게 가깝냐?” 하고 함께 기뻐해 주었다. “응, 자동차로 아홉 시간밖에 안 걸려. 비행기로는 한 시간 반 거리야.” 그러자 친구는 너무 어이없어 하면서 “너하고는 말이 안 된다. 아홉 시간이면 서울 부산 왕복할 시간이다. 그게 가깝냐? 이 꼴통아”라고 소리를 꽥 지른다.

아무튼 그 친구가 어찌 생각하든지 나는 틈만 나면 시카고로 향한다. 겨울에는 너무 춥고 눈이 많이 내리는 도시라서 가지 않지만, 1월 말에는 진주 생일이어서 아무리 추워도 간다. 물론 운전은 하지 않고 비행기로 간다. 평소에 시카고로 가자면 55번 고속도로를 타고 북쪽으로 달려야 한다. 똑바로 앞만 보고 가고 또 가다 보면 아홉 시간 만에 시카고에 도착한다.

자동차 트렁크에 식품을 몽땅 싣고 가서 요리를 한 다음 한 끼에 먹기 좋을 만큼 플라스틱 상자에 담아 얼려 놓고 오면 진주는 한 끼에 한 개씩 꺼내어 데워 먹으면 된다. 스파게티 소스도 만들어 얼려만 놓으면 진주는 스파게티가 먹고 싶을 때 국수만 삶으면 된다. 갈치를 좋아해서 '갈치 킬러'라는 별명을 가진 아이여서 갈 때마다 갈치를 반드시 준비하는데 얼리기도 전에 다 먹어 치우곤 한다. 그래도 맛있게 먹을 진주를 위해 요리하면서 행복해할 나 자신을 상상하면서 피곤한 줄도 모르고 종종 주말을 시카고에 가서 보낸다.

55번 고속도로를 타고 북쪽으로 달리다 보면 길 양쪽에 꽃으로 장식한 십자가가 상당히 여러 군데 서 있다. 십자가가 서 있는 곳에는 누군가가 교통사고로 죽었다는 의미다. '주정뱅이일 수도 있고 졸음을 견디지 못한 대학생일 수도 있겠다' 하고 상상하면서 지나간다. 어떤 십자가에는 곰 인형이 매달려 있는데, 그곳에서는 아마 십대 소녀가 죽었을 것이다. 진주는 다행히 큰 도시에서만 살고 있어서 운전을 할 필요가 없다. 공중 교통수단이 편리하기 때문이다. 버스도, 기차도, 지하철도 모두 집 앞이나 직장 앞에서 내릴 수 있는데, 그 비싼 주차비 내가며 자동차를 소유할 필요가 없다.

그래도 집에 내려오면 렌트카를 하거나 내 자동차를 타고 씽씽 잘도 돌아다니기 때문에 걱정이 전혀 안 되는 것은 아니다. 하지만 멤피스는 그리 많이 복잡하지도 않고, 55번 고속도로처럼 커브 하나 없는 직선이 아니어서 졸릴 확률은 거의 없다. 조심하고 속력만 내지 않으면 그런 대로 운전하고 다닐 만하다. 그래서 집에 와서 운전하면 모른 척하며 눈 감아 준다. 시카고를 향해 달려갈 때마다 진주는 10분마다 전화해서 "엄마, 졸려? 졸지 마. 큰일나"라고 말한다.

너무 자주 그러면 좀 귀찮아져서 "안 졸아. 너 시집 가서 애 낳고 내가 할머니 되기 전에는 안 죽어!"라고 말하면 여지없이 "앙~" 하고 열 번이면 열 번 울음보가 터진다. 죽는다는 말만 들어도 슬프다는 것이다. 그렇게 한 번씩 울려 놓으면 토라져서 약 30분 동안은 나를 내버려 둔다.

그럭저럭 아홉 시간을 달려가서 진주의 소꿉장난 같은 아파트 부엌에 쪼그리고 앉아 열심히 요리를 한다. 그리고 일요일이 되면 교회에서 곧바로 55번 고속도로로 향한다. 이번에는 집으로 오는 길이니까 남쪽으로 달린다. 그리고 새벽 4시에 시작되는 나의 하루를 성실하게 산다. 55번 고속도로를 타고 북쪽으로 달려갈 그날을 기다리면서….

하얀 눈송이처럼

2005년 여름은 유난히 더웠다. 햇볕 쨍쨍 나는 더위가 아니라 후덥지근하고 기분 나쁜, 그래서 짜증이 나는 그런 더위였다. 진주를 데리고 한국으로 간 것은 진주의 생부모를 만나기 위해서였다. 아이를 가질 수 없는 나는 진주가 생후 3일 되던 날 만나서 입양했다. 조산아여서 2킬로그램도 되지 않는 아이를 인큐베이터에 오래 두어야 했지만, 처음 만남에서 아이는 이미 내 가슴 깊은 곳에 자리하고 앉았다.

하얀 눈송이처럼 사뿐히 내 인생에 내려앉아 내 기쁨이 되고 내 목숨이 되었다. 진주가 다섯 살이 되면서 유치원에 가게 되었는데 그때 처음 입양아라는 사실을 말해 주면서 언제든지 낳아 주신 부모를 만나고 싶으면 말하라고 했다.

진주는 서른 살이 되면서 한국에 가서 여름휴가를 보내자고 제의해 왔다. 얼른 알아차리고 "오, 너 가족 만나고 싶구나!" 그랬더니 "세상에, 그걸 어떻게 아세요?"라고 하면서 깜짝 놀랐다 "넌 잊고 사는 모양인데 내가 네 기저귀를 간 사람이야. 네 표정만 봐도 네가 무슨 생각을 하는지 안다"고 하니까 그럴 리가 있느냐는 표정을 지었다.

하지만 그 일이 그리 쉽지만은 않았다. 내게 있던 생모의 주소로 편지를 했는데, 되돌아왔다. 결국 평택에 사시는 최해숙 사모님께 부탁드리게 되었다. 최 사모님과 주위 분들의 도움으로 4개월 만에 그분들을 찾았다. 그래서 2005년 7월에 한국행 비행기를 타게 된 것이다. 경제적으로 별로 여유가 없는 나는 뉴욕에 살고 있는 오빠에게 한국행 비행기 표 두 장을 사달라고 떼를 썼더니 흔쾌히 사서 보내 주었다.

진주의 생부모와 가족은 평택에 살고 계셨다. 진주는 생부를 많이 닮았고, 언니 두 사람, 오빠 두 사람, 진주가 다섯째로 막내였다. 만나자마자 진주의 큰언니는 계속 울기만 했다. 진주를 안아보고 울고, 만져보고 울고, 머리를 쓰다듬으며 울고…. "우리 진주가 큰언니를 닮아서 수도꼭지네요" 그랬더니 "죄송해요. 너무 좋아서 그래요"라고 하면서 눈물을 계속 흘렸다.

진주를 생모 집에 두고 나오는데 "엄마, 가지 마" 하면서 어찌나 서럽게 울던지 민망할 지경이었다. 생모는 "애, 서른 살 맞아요? 이렇게 울 거면 그냥 데리고 가세요. 이제 얼굴 봤으니 됐어요"라고 말하면서 진주의 등을 떠밀었다.

돌아서서 "모르시는 말씀, 10분 뒤면 깔깔거리고 웃을 테니 걱정 마세요. 제가 서울 친구 집으로 갈 테니 제 눈치볼 것 없이 많이 사랑해 주세요"라고 말하고 진주를 달랬다. "진주야, 너와 나는 이분들에게 빚진 사람들이란다. 이분들이 널 낳아 주시지 않았다면 어디서 내가 너를 만났겠니?"

　　최해숙 사모님 댁에서 하룻밤 묵고, 이튿날 전철역으로 가서 서울행 열차를 기다리고 있는데, 갑자기 눈물이 왈칵 쏟아졌다. 무슨 까닭일까. 슬프기는커녕 "진주를 이렇게 잘 키웠습니다" 하는 자부심을 갖고 당당히 두고 나왔는데, 웬일인가. 지금 생각해도 그때 왜 그렇게 서럽게 울었는지 전혀 모르겠다.

　　어느 친절한 아주머니의 손수건을 받아 눈물도 닦고 코도 풀고 가까스로 울음을 그치고 서울 친구 집으로 갔다. 그런데 친구가 "월호야 너 울었지"라고 하는 바람에 "야! 너는 왜 그런 걸 물어? 내가 뭘 울었다고 그래?" 하고 소릴 꽥 지르고는 또 한바탕 울었다. 왜 그랬을까? 나는 분명히 정성과 사랑을 모두 쏟아 부어 잘 키웠다고 자부했고, 자랑스럽게 생부모한테 데리고 갔는데 왜 울었을까? 지금도, 아마 영원히 그 이유를 모를 것 같다.

　　"그분들이 그리스도인들이며 화장실이 깨끗해서 참 좋아요"라고 말하며 환히 웃는 진주를 데리고 미국행 비행기를 탔다. 비행기 안에서 진주가 "우리 엄마가 최고인 줄 알았으나 이번에 재확인했어요. 우리 엄마, 우리 엄마" 하면서 강아지처럼 안겨 오는 진주를 꼬옥 껴안았다. 비행기 안에서 또 눈물이 흘렀다. 역에서 펑펑 쏟아지던 눈물과는 전혀 종류가 다른 눈물이다. 비행기에서 흘린 눈물은 기쁨의 눈물, 보람의 눈물, 감사의 눈물임을 잘 안다. 진주 엄마! 얼마나 아름다운 이름인가?

특별한 만남, 잊지 못할 사람들

4

같은 생일을 가진 세 여자

　　우연한 기회에 벤자민 훅스 박사의 부인을 만나게 된 것은 나에게 크나큰 행운이다. 그녀의 남편이 얼마 전에 타계했는데 킹 목사와 함께 인권 운동을 한 사람으로서 멤피스 최초 흑인 판사이며 목사이기도 한 유명한 사람이다. 진주가 대학에 가면서 엄청난 액수의 돈이 필요했고, 그 돈을 벌기 위해 별의별 일을 닥치는 대로 할 무렵이었다. 훅스 여사가 친구의 소개로 나에게 전화를 해서 자기 남편의 다리 마사지를 부탁했다. 내 친구이기도 한 그의 친구는 내가 해주는 마사지가 아주 시원하다고 했나 보다.

　　나이가 많은 내 친구는 혼자 외롭게 살고 있는데, 그녀와 마찬가지로 혼자 사는 우리 언니 생각이 나서 내가 가끔 음식도 갖다 주고 마사지도 해주었다. 그때마다 아예 직업을 안마사로 바꾸라면서 좋아했다. 그 친구의 소개로 훅스 박사의 집에 드나들면서 마사지를 해주는 동안에 많은 이야기를 하게 되었다. 훅스 박사는 부인의 생일날에 나이 숫자대로 장미를 보내온다고 남편 자랑을 했다. 자기 생일이 겨울이어서 장미 값이 비쌀 텐데 꼭 보내 준다고 했다.

　　"겨울 언제요?"

"2월이야."

놀랍게도 부인의 생일은 내 생일과 같은 날이었다. 서로 믿을 수가 없어서 운전 면허증을 꺼내서 비교해 가며 신기해했다.

그날부터 우리는 더욱 가까운 친구가 되어서 함께 저녁을 먹기도 하고 강변을 산책하기도 했다. 그렇게 친해지면서 그녀는 자기 딸 이야기를 해주었다. 사실 지금 미시건 대학에서 교수로 있는 딸은 친딸이 아닌 조카라고 한다. 훅스 부부가 결혼한 지 2년쯤 됐을 때 두 사람이 간절히 기다리던 임신이 되었다. 임신 초기일 때 비행기를 타고 타도시로 갔는데, 그것이 무리였는지 유산을 하고 말았다. 그 후로 임신은 전혀 되지 않았고 산부인과 의사가 그만 포기하라고 했다고 한다.

그럭저럭 결혼 5주년이 되어 가는데 남편의 형이 이혼을 한다는 소식이 들려왔다. 그들은 남매를 두었는데 아내는 혼자서 떠나 버렸고 남편도 아이들을 키울 생각이 없다면서 동생인 훅스 박사에게 맡겼다. 훅스 부인은 기왕에 키울 거면 정식으로 호적에 올리겠다고 했고 양육 포기서를 받아 법정에 제출하고 입양 허가를 받았다. 그때 아이들은 일곱 살과 아홉 살이었다. 내가 아이를 가질 수 없어 입양한 사실을 알고 아주 반가워하면서 이 세상에 입양처럼 아름다운 일은 없을 거라고 했다.

우리 두 사람과 생일이 같은 또 한 여인은 옷가게에서 일할 때 만났다. 금융회사에서 일하는 사람으로 주식을 담당하고 있

다. 그녀는 옷가게 주인 되는 분을 찾는 전화를 자주 했는데, 그 목소리가 참 예뻤다. 상쾌하면서 달콤하기까지 한 목소리에 참으로 호감이 갔다. 우리는 첫 만남부터 오래 된 친구처럼 수다를 떨었다. 사람 마음을 참 편하게 해주는 재주가 있는 여자였다. 우리가 생일이 같다는 것을 안 것은 그녀의 딸에 관한 이야기를 하면서였다.

12학년인 딸은 마약과 알코올에 찌들어 있고, 성격도 너무 고약한데다 엄마한테 반항만 하니 어찌해야 될 줄 모르겠다며 눈물까지 보였다. 듣고 보니 엄마가 아이에게 관심이나 사랑의 표현이 없었고, 모든 것을 돈으로만 해결하는 것 같았다. 일단 아이를 우리 집으로 보내 3개월을 나와 함께 지내도록 하라고 했다. 그랬더니 자기가 쉰다섯 번째 생일이 지났는데, 자식을 다루지 못해 남에게 보내게 됐다면서 울었다. "나도 막 생일이 지났는데" 하면서 확인해 보니 생일이 같은 날이었다.

아무튼 줄리의 딸이 우리 집에 오면서 나는 그 아이의 엄마가 되었다. 우선 아침에 일어나면 침대부터 정리하라고 했더니 저녁에 또 잘 건데 왜 정리해야 되는지 모르겠다고 하는 게 아닌가? 정말이지 어이없을 만큼 흐트러진 정신 상태였다. 잔디를 깎게 하고 쓰레기를 치우게 했다. 계속 관심을 갖고 학교 이야기, 친구 이야기를 하게 했다. 그리고 우리 집에 사는 한 교회는 꼭 다녀야 한다고 했다. 시카고에 갈 때도 데리고 갔고 모든 행동을 한 가족으로서 함께했다. 다행히 아이는 잘 따라주었고, 잘못해서 따끔하게 혼내 주면 너무 좋아했다.

지금 생각해도 가슴이 아프다. 그 누구도 자기를 혼내 줄 만큼 관심을 두지 않았는데, 혼이 나면서도 누구에겐가 사랑과 관심을 받고 있다고 생각하니 너무 행복하다는 것이다. 눈물까지 글썽이며 혼난 것을 행복해하던 아이의 모습을 생각하면 가슴이 아리다. 그렇게 3개월 만에 집으로 보내면서 아이 엄마인 줄리에게 그동안 내가 어떻게 아이를 대했는가 자세히 말해 주었다. 그 이후로 두 모녀는 사이가 좋아졌고 아이도 정신 차리고 대학에 가게 되었다.

그 후로도 우리 세 여자들은 생일만 되면 와인과 치즈 케이크로 자축 파티를 한다. 나이도 직업도 성격도 생김새도 전혀 다른 우리지만 만나면 마냥 즐겁다. 같은 생일을 가진 세 여인들, 흑인, 백인, 한국인… 만국기? 유엔?

마이클, 내 뚱보 아들

올해 스물세 살인 마이클이 열여섯 살 때 처음으로 자동차를 갖게 되었다. 그 녀석이 기뻐서 팔딱팔딱 뛰는 모습은 옆에서 보는 사람들까지도 덩달아서 춤을 추고 싶게 했다. 그 기쁨이 녀석의 얼굴을 환하게, 반짝거리게 했다. 그렇게나 좋아하더니 결국에는 그 자동차에 대한 노래까지 지어 불렀다. 랩 형식의 "나는 내 빨강차를 운전하고 있습니다"라는 제목으로 제법 흥겨운 박자로 CD를 만들어 제일 먼저 나에게 선물해 주었다.

그도 그럴 것이 그 자동차는 내가 5년이나 탄 자동차였다. 새 차를 사면서 쓰던 차를 팔지 않고 마이클에게 주기로 했다. 녀석이 너무 좋아하니까 헌 차, 그것도 12만 마일 가까이 탄 차를 준 것이 오히려 미안할 정도였다.

마이클은 내가 오래 전에 세탁소에서 일할 때 함께 일하던 동료의 둘째아들이다. 그녀에게는 아들만 셋인데 남편과는 사이가 좋지 않아서 몇 개월마다 한 번씩 별거와 재결합을 반복했기 때문에 아이들은 자기네들끼리 각자 알아서 모든 것을 해결했다. 음식도 각자 따로 챙겨 먹거나 외할머니 집에 가서 얻어먹기도 했다. 둘째인 마이클은 어려서부터 부지런하고 착한 데다가 독립심이 강했다.

초등학교 4학년 때부터 친척들, 이웃집들을 찾아다니면서 잔심부름 해주고 받은 돈으로 용돈과 학용품 값을 충당했다. 열두 살 때 녀석은 이미 노래를 작곡 작사해서 교회에서 발표도 했다. 단 한 시간도 피아노 레슨을 받은 적이 없는 애가 무슨 노래든지 한 번 들으면 피아노 건반 위에 옮겨 연주하곤 했다. 그때마다 주위 사람들이나 교인들은 매우 놀라워했다.

컴퓨터가 부착된 키보드만 하나 있으면 천하를 다 얻을 수 있을 것처럼 키보드를 치며 노래를 불렀다. 그런데 그 키보드가 3천 불 이상이라는 것이다. 부모들에게서는 3불도 나올 가능성이 없다는 것을 녀석도 나도 잘 알고 있었다. 키보드가 있으면 네가 도대체 뭘 할 수 있느냐고 물었다. 그랬더니 그는 노래를 만들어 CD를 제작해 팔고, 교회에 있는 피아노가 너무 낡아서 소리가 제대로 안 나오니까 새 키보드가 있으면 예배 시간에 반주를 하고 싶다고 했다.

꼭 내가 사주고 싶은데 사실 나에게는 3천 불은커녕 3백 불도 없었다. 그래서 크래딧 카드로 최신형 키보드를 사주었더니, 엉엉 울면서 자기가 반드시 성공해서 나를 어머니로 모시겠다면서 꼭 지켜보며 기다려 달라고 했다. 첫 자동차도 키보드도 모두 내가 주었으니 어머니로 모실 수밖에 없다면서 아들로 인정해 달라고 떼를 썼다.

그렇게 해서 뚱뚱하고 키도 작고 별로 잘 생기지도 않은 흑인 청년을 아들로 얻으면서 뚱보아들이라는 별명을 하사(?)했다. 부모의 엉망진창인 사생활 때문에 가족의 사랑이 무엇인지도 모른 채 외롭게 자란 아이다. 공부도 잘하고 재주가 좋아서 바느질도 잘한다. 그래서 우리 가게에서 여름방학 동안에는 바느질 아르바이트를 한다. 대학에 들어가면서 티셔츠나 가방, 모자 등에 글자를 수놓는 기계를 사고 싶다고 했다.

녀석은 정말 운 좋은 청년이다. 그 무렵 내가 그 기계를 샀는데, 별로 주문이 들어오지 않아 어찌할까 고민하고 있던 차였다. 그런데 그 기계가 바로 녀석이 원하는 기계와 똑같은 것이었다. 마이클에게 학교에서 장학금이 나오면 액수에 상관없이 나를 주고 기계를 가져가라고 했다. 그 장학금은 기계 값의 반도 안 되는 것이었는데, 그 아이를 돕기 위해서 그냥 그걸 받고 기계를 주었다.

그렇게 기계를 손에 넣은 마이클은 학교와 회사 문을 두드리며 일감을 따내 티셔츠나 유니폼에 이름이나 로고를 찍는 일을 맡아 했다. 그렇게 수입이 많아지자 아이는 집에서 나와서 아파트를 얻어 독립했다. 그리고 내가 준 차가 생명을 다했다면서 자기 교회에 다니는 아저씨에게 주고 새 차를 사면서 정말 열심히 일하고 공부하면서 살아가고 있다.

대학교 2학년 때는 빅토리아라는 여학생을 만나 데이트를 하더니 졸업반이 되면서 약혼까지 한 상태다. 그녀의 손가락에 다이아 반지를 끼워 주고 가장 먼저 나에게 데리고 왔다. 나는 그 자리에서 웨딩드레스는 내가 책임지고 만들어 주겠다고 약속했다. 약혼녀 빅토리아는 대학에 다니면서 은행에서 아르바이트를 하는 마이클만큼이나 뚱뚱한 흑인 아가씨로 마이클보다 두 살 위다. 반드시 경영학 박사가 되어 대학교수가 되겠다는 꿈이 야무진 아가씨다.

마이클이 살아가는 모습을 볼 때마다 참 기특하다는 생각을 한다. 엄마가 전화할 때마다 자기에게 돈 좀 달라고 애걸한다며 이제 엄마 전화는 아예 받지도 않는다면서 슬픈 표정을 짓는 불쌍한 마이클. 고등학교 2학년 때부터 자기 교회 찬양대 반주 겸 지휘자로 활동하고 있는 그는 음악에 천재적인 소질을 타고 난 아이다. 약혼녀 빅토리아에게 청혼할 때도 직접 노래를 지어 불러가면서 무릎을 꿇었다는 낭만파 청년이다. 두 사람 다 살을 빼지 않으면 나는 결혼식에 절대로 참석하지 않을 것이라고 으름장을 놓았더니 체육관에 다니면서 열심히 운동하고 있는 착한 청년이다.

내가 그 아이의 인생에 조금이라도 도움이 되었으면 좋겠다. 그리고 그 아이에게 본보기가 되기 위해 나 자신을 돌아보는 일이 잦아졌다. 그 녀석에게 충고나 권면을 하게 되어도 몇 번씩 생각한 후 조심스레 말을 건넨다. 언젠가 한 번 일을 저지를 법한 기세로 공부도, 신앙생활도, 빅토리아와의 사랑도 최선을 다하는 내 뚱보아들 마이클, 넌 참 보기 드물게 기분 좋은 젊은이다. 마약이나 알코올은 아예 곁에도 안 간다는 건전한 청년 마이클, 너의 앞날이 환하게 빛나는구나.

고춧가루 사모님

　　또 한 번 나는 잘난 척을 해야겠다. 내 생각을 이것저것 쓰거나 넋두리 식으로 누구에겐가 고백할 때마다 결과는 내 자랑인 것 같고 잘난 척하는 꼴이 된다. 그래도 내 마음을 쏟아 내놓고 싶어서 쓰고 또 쓰고 한다. 나는 항상 감사하는 삶을 추구한다. 때로는 이기주의로 똘똘 뭉친 내 자신이 툭툭 튀어나와서 나를 괴롭히기도 한다. 하지만 늘 주위와 주위 사람들을 돌아보며 감사할 일을 찾는다. 둘러 보면 감사할 일이 너무 많아서 사는 동안 내내 감사만 하면서 살아도 시간이 부족할 것 같다.

　　감사해야 할 일 중에 가장 으뜸가는 것은 훌륭한 사람들을 만나 그 사람들을 존경하고 따르면서 그 사람들의 보살핌과 사랑을 받는 것이다. 좋은 사람을 만나는 것도 축복인데 거기에 그 사람들의 사랑을 받는 것은 그야말로 보너스다. 그중 한 분이 평택에 사시는 최해숙 사모님인데, 30년도 훨씬 넘는 기나긴 세월을 아낌없이 사랑을 주시는 고마운 분이다. 정년퇴직하시고 지금은 여러 가지 봉사를 하시는 목사님은 어린이들과 주부들에게 영어회화를 가르치시면서 정년 이전보다 더욱 바쁘게 사신다.

　　어느 해 가을, 사모님이 미국 필라델피아에서 목회하고 있는 아들 목사님을 방문하실 거라는 소식이 들려왔다. 딸아이에게 연락했더니 고맙게도 아이는 사모님이 미국까지 오셨는데 뵈러 가야 한다고 했다. 나는 멤피스에서, 딸아이는 시카고에서 각각 비행기를 타고 필라델피아 공항에서 만나기로 했다. 진주는 자기 생부모를 찾아주신 고마운 사모님인데 당연히 가서 뵈야 한다면서 서둘러 표를 사고 렌트카를 예약했다. 공항에서 진주를 만나 렌트카를 타고 사모님이 와 계시는 아들 목사님 댁으로 달려갔다. 정말 아름다운 가을날이었다. 단풍잎이 곱게 물들었고, 바람이 약간 쌀쌀하면서도 상쾌했다.

한참 달려가니 조용하고 한적한 시골마을에 아담한 예배당과 목사님 사택이 나왔다. 아들 목사님 부부와 아이들과 함께 즐거운 주말을 보내고 떠나오면서 멤피스에 꼭 한 번 오시라고 초대했더니, 사모님은 내가 사는 모습을 꼭 보고 싶다고 하시면서 흔쾌히 응해 주셨다. 그리고 한국으로 돌아가시기 전에 멤피스 우리 집에서 주말을 보내시게 되었다. 우리 가게에서 하루를 보내시면서 사람 구경도 하시고 내가 얼마나 바쁘게 움직이는지도 보셨다. 교회도 함께 가셨고 교우들이 몽땅 우리 집에 와서 점심을 먹으면서 왁자지껄 떠드는 것도 구경하셨다.

특히 미국인들이 우리 집 김치를 빵 먹듯이 먹어 치우는 모습을 보시고는 많이 놀라셨다. 40명이 넘는 미국인들이 북적북적 오가며 미국음식에 김치를 곁들여 먹고 나서는 김치를 얻어서 비닐봉지에 담아 집으로 가져 갔다. 또 몇 사람은 우리 집에서 정기적으로 김치를 가져다 먹고 있다는 것을 아시고 사모님은 무릎을 '탁!' 치셨다.

"그래, 월호가 필요한 것이 고춧가루야, 고춧가루!" 의아해하는 나에게 사모님은 활짝 웃으시면서 사실 선물을 사오고 싶었는데 무엇이 필요한지 몰라서 빈손으로 오셨다면서 이제 한국으로 돌아가면 고춧가루를 보내 주시겠다는 것이다. 그리고 앞으로도 계속 고춧가루는 책임지겠다고 하셨다.

그것은 참으로 가뭄에 단비였다. 엄마가 한국에 자주 다니실 때는 직접 무공해 고추를 사오거나 빻아 오셨기 때문에 잘 썼는데 이제 바닥이 난 것이다. 엄마가 연로하셔서 더 이상 긴 여행을 못하시게 되어 고춧가루 걱정이 태산 같았다. 그런데 사모님이 한국으로 돌아가신 즉시 고춧가루를 한 보따리 보내주셨다. 그 후로도 계속 고춧가루를 보내 주셨고, 엄마는 아예 고춧가루 사모님이라고 불렀다. 무공해에 최고 품질의 고춧가루로 맛있게 김치를 담아 메리도 주고 은경이도 주고 교회에 중국 자매님, 일본 형제님에게도 듬뿍 나누어 주고 있다.

어느 해 여름에는 한국에서 외숙 부부가 오셔서 우리 집에서 한 달쯤 묵으신 적이 있다. 그분들도 우리 집에서 김치를 가져다가 먹는 미국사람들을 보시더니 한국으로 돌아가셔서 고춧가루와 김, 미역 등을 보내 주셨다. 내 친구 녹수장도 내가 한국에 갈 때마다 고춧가루에 참기름, 김, 깨소금까지 바리바리 싸 준다. 우리 집에 고춧가루 풍년이 들었다. 신바람이 났다. 배추 한 박스씩 담그던 김치를 두 박스로 늘렸다(배추 포기 크기에 따라 한 박스에 열두 포기 내지 열다섯 포기가 들어 있으니 상당한 양이다).

고춧가루 사모님에 녹수장까지 힘을 보태고 있으니 신바람이 날 수밖에 없다. 게다가 한국가게에서 배추 대매출이라도 할라치면 나는 명절을 만난 기분으로 자동차에 배추 박스를 실어주는 뚱뚱한 멕시코 아저씨를 대동하고 의기양양하게 자동차로 가서 트렁크를 배추로 가득 채운다. 아무리 봐도 우리 집에 김치 인구는 줄어들 기세가 전혀 없다.

오십 번째 생일 여행

　　오십 번째 생일 아침 7시에 딸아이 진주에게서 전화가 왔다. 남달리 잠이 많은 아이였기 때문에 아침 7시에 전화를 했다는 것은 나에게 큰 충격이었다. "엄마, 오십이야? 와~ 많다. 오십이면 늙은이다"라고 놀려 댔다. "그래, 너 잘났다. 두고 보렴. 너 서른 되면 새벽 3시에 전화해서 약 올려 줄 거니까."

　　그런데 그런 농담이 오고 가기가 끝나자 딸아이는 생일선물 이야기를 했다. 나이가 많으니 그 나이처럼 오래 된 나라의 오래 된 도시에 가야 한다는 것이다. 런던 행 비행기 표였다. 런던은 참 아름다운 도시였다. 듣던 대로 부슬부슬 비가 자주 내렸고, 햇빛 보는 날이 아주 드물었다. 나는 소풍 나온 아이처럼 들떠서 런던 거리를 헤맸다. 열흘 동안 꿈같은 시간을 보냈다.

　　엘리자베스 여왕이 산다는 곳, 수상 관저, 심지어는 죽은 다이애나비가 다녔다는 미장원 등 여러 곳에 다녔지만, 가장 인상에 남는 곳은 벼룩시장이었다. 영국인들이 세계에서 가장 크다고 자랑하는데, 그 사실성 여부는 잘 모르겠으나 굉장히 크고 긴 것만은 사실이다. 한 거리가 시작되는 곳에서 끝까지 정말 없는 것이 없었다. 리어카, 자동차 뒤에 별의별 희한한 물건들을 펴놓고 팔고 있었다. 아름다운 그릇들, 옷감과 수공예품, 음식 코너들이

즐비했다. 그러나 그중에 으뜸은 생선 리어카 할아버지였다.

런던에 살고 있는 딸아이 동창 친구들에게 생선을 요리해 주려고 그 리어카에서 생선을 사는데 주인 할아버지가 아주 특이한 분이었다. 당시 93세의 키가 크고 눈이 파란 분이었는데, 웃으시면서 말을 걸어오셨다.

"당신, 미국에서 왔군. 악센트가 완전 미국 사람이야!"

그는 돈을 벌기 위해서가 아니라 사람들을 만나고 대화를 즐기기 위해서 장사한다고 했다. 그의 아내가 세상을 뜬 지 20년이 지났는데, 다른 여인은 눈에 들어오지도 않는다며, 유난히 뚱뚱하고 고혈압으로 쓰러져 세상을 떠난 아내를 다시 만날 저 세상을 그리며 산다고 했다. 그리고 아주 열심히 최선을 다하고 있다고 말이다.

나는 런던에 있는 열흘 동안 네 번 그 할아버지를 찾아가 생선을 샀다. 그리고 긴 대화를 나누고 웃고 울먹이고 그랬다. 덕분에 영국 생선을 실컷 먹고 진주 친구들에게도 많이 먹였다. 그리고 참 인상 깊은 말을 들었다. 그것은 내 나이 오십이란 숫자에 대한 그 할아버지의 말씀이다.

"아가씨!" 그는 나를 그렇게 불렀다. "내가 본 사람 중 가장 아름다운 오십 세의 아가씨이군요. 내 말을 믿으면 돼요. 날 따라

해 봐요. '나는 안팎이 모두 아름다운 오십의 아가씨다'."

아흔세 살인 생선장수가 그렇다고 했고 나는 그 말을 믿는다. 사실 나이는 숫자에 불과하다.

"나는 영원히 아름다운 오십의 아가씨다. 이렇게 외치면서 살아 봐요."

가슴이 뭉클하고 코끝이 찡했다. 그 할아버지께 마지막으로 무지개 숭어를 사들고 오면서 속으로 외치기 시작했다.

"나는 안팎이…."

손 흔드는 할아버지

명절이나 주말에 사람들을 초대하면 집이 어디냐고 묻는다. 자기가 사는 곳에서 우리 집까지 어떻게 가느냐고 자세한 안내를 부탁해 온다. 그때마다 나는 고장난 녹음기처럼 똑같은 말을 되풀이한다.

"큰길 쉘비에서 로스길 남쪽으로 자동차를 돌린 후 즉시 오른쪽 조그만 길들을 세십시오. 첫 번째, 두 번째, 일곱 번째 길이 박샤워인데 그 길에서 우회전하십시오. 그리고 그 길에서 꽃이 많이 피어 있는 집이 우리 집이고, 번호는 6670입니다."

주택가에 깊숙이 들어 앉아 있는 집이어서 찾기가 쉽지만은 않다. 지금이야 여러 번 와서 대부분 익숙해져 내가 밥을 하기로 정해진 날 잘도 찾아오지만 말이다.

우리 집 앞에는 둥글고 넓은 운동장 비슷한 공간이 있어서 주차하기도 편리하다. 그 공간이 없었다면 멀리 남의 집 앞까지 가서 주차해 놓고 걸어와야 하는데 그럴 필요가 없으니 그 또한 감사한 일 중의 하나다. 앞서 말한 큰 길 쉘비에서 로스길 남쪽은 길고 곧게 뻗은 길로 양쪽에 조그만 길들이 나 있다. 크고 작은 집들이 옹기종기 모여 있는 전형적인 미국 남부의 주택가에 있는 길이다.

로스 길에서 오른쪽으로 세 번째 길이 만나는 모퉁이에는 항상 의자가 하나 놓여 있다. 비가 오거나 날씨가 나쁠 때는 건너편 주유소 아저씨가 의자를 가져다가 보관해 주기도 한다. 그 또한 작은 도시에서만 있을 수 있는 사람들의 여유라면 여유일 수도 있다. 큰 도시에서야 각자 갈 길이 바쁘고 만인이 빠르게만 움직이기 때문에 다른 사람을 배려한다는 것은 거의 있을 수 없는 일이다. 시골보다는 더 메마른 세상이라고 할까?

그 의자의 주인은 손 흔드는 할아버지다. 매일 아침 출근 시간과 오후 퇴근시간이면 어김없이 그 의자에 앉아서 밝게 웃는 모습으로 지나가는 자동차를 향해 손을 흔든다. 그 옆에는 지팡이 하나가 세워져 있는데, 어떤 날은 그 지팡이가 넘어져서 길바닥에 뒹굴고 있을 때도 있다. 그것을 아는지 모르는지 할아버지는 그저 손만 흔든다. 처음에는 '참 할일 없는 할아버지도 있네' 하면서 지나쳤다.

그러나 시간이 지나면서 나도 답례로 손을 흔들어 주기 시작했다. 그렇게 매일 나오는 할아버지가 일요일에는 나오지 않는 걸 보면서 '교회에 가시는구나' 하고 짐작했다.

일흔아홉 살, 이름은 센더스 씨, 길 건너편 주유소 뒤에 있는 아파트 102호에서 혼자 살고 있다. 자녀는 남매인데 두 사람 다 직장 따라 다른 주로 가서 살고 있다. 손자가 세 명인데, 갓난 아이 때 두어 번 보고는 본 적이 없다고 한다. 명절에는 아들과 딸

만 잠깐씩 다녀갈 뿐 모두들 매우 바쁘게 산다.

내가 센더스 할아버지에 대해 이렇듯 자세히 알고 있는 이유는 궁금증을 참지 못한 내가 어느 토요일 아침, 자동차를 세우고 그 할아버지와 대화를 했기 때문이다. 가게 문은 월요일부터 금요일까지 열지만 토요일에 밀린 일도 하고 세금 정리도 하기 때문에 가게에 나가는 일이 많다. 그날도 할아버지의 환한 웃음을 보고 손을 흔들어 주고 지나갔다. 그런데 가다가 생각하니 토요일이기도 하고 날씨도 화창해서 할아버지와 대화하기에 참 적격이다 싶어서 자동차를 돌려 할아버지 의자 옆으로 갔다.

우선 길 건너 주유소에 가서 음료수를 사가지고 갔다. "물로 바꿔 오세요. 음료수는 해롭잖아요?"라고 한다. 자기 건강을 챙길 사람은 자신뿐이라면서 설탕이 함유된 음료수는 일절 먹지 않는다고 한다. 다시 건너가서 물로 바꾸어 갖다 드렸다. 할아버지는 내 물병부터 마개를 따주었다. 그리고 내가 묻기도 전에 내 마음을 읽은 듯 "내가 왜 매일 손을 흔드는지 궁금해서 왔지요?" 하고 물었다. 그렇다고 했더니 아무 말 없이 물 한 모금을 마시더니 하늘을 우러러 보고 멍한 표정을 지었다. 그러다가도 자동차가 지나가면 얼른 손을 흔들었다. 그러기를 몇 번씩 반복하더니 말을 시작했다.

그는 11학년(고등학교 2학년) 때 학교 주최 댄스 파티에서 만나 사랑에 빠진 에스더라는 아가씨와 결혼했다. 두 사람이 열아홉 살이 되던 해였다. 그 당시만 해도 대학에 가는 사람이 그리 많지 않았다. 고등학교 졸업장만 가지고도 얼마든지 좋은 직장을 얻을 수 있었고 윤택한 생활을 할 수 있었다. 대부분 미국인들은 '그때가 좋았다'고 하면서 그리워한다고 한다. 그때는 맞벌이하는 부부는 거의 없었고, 여자는 으레 집에서 아이들을 키우면서 아주 평범한 가정생활을 했다. 센더스 부부도 남매를 낳아 키우면서 아내는 살림만 했다고 한다. 그 누구도 불평하는 사람이 없었고, 크게 다투는 일도 없었다.

그런데 결혼 50주년 기념일에 아내인 에스더 씨가 폭탄선언을 했다. "저는 요즘 전혀 행복하지 않고 무료해서 이렇게 살고 싶지 않으니 이혼해 주세요." 할아버지는 에스더가 없는 인생은 상상도 할 수 없다면서 무엇이든지 원하는 대로 해줄테니 제발 이혼만은 안 된다고 애걸했다고 한다. 무엇을 잘못했는지도 모르면서 잘못했다고 싹싹 빌기도 했다.

그런데 그 결혼 50주년 파티를 한 지 2주쯤 지났는데, 아침에 잠에서 깨어나 보니 부인이 온데간데 없었다. 옆자리에 누워서 "여보, 커피!" 하면서 생글생글 웃어야 할 아내가 없어진 것이다. 간단한 쪽지 한 장이 부엌 식탁 위에 놓여 있었다. 당장 이혼 처리해 주고 자기를 찾지 말라고 씌어 있었다. 주위 사람들에게 물

어 보니 이른 아침에 로스 길로 지나가는 것을 본 사람이 있다고
했다.

　그래서 그때부터 로스 길에 앉아 손을 흔들기 시작한 것이다.
자기가 손 흔드는 것을 보면 혹시 에스더 여사가 그 길로 돌아올
지도 모른다고 생각했다. 몸이 아주 많이 아프지 않는 한 월요일
부터 토요일까지 매일 나와서 손을 흔드는 센더스 할아버지, 주
일날은 교회에 가서 안내 봉사를 한다는 흑인 할아버지 센더스
씨, 엉클 톰스 캐빈을 떠올리게 하는 인자한 할아버지, 부디 기다
리는 부인을 꼭 만나시길….

든든한 후원자, 우리 여행사

"우리, 만나면서 살자. 우리가 인생 사분의 삼을 산 사람들이다. 인생이 그리 긴 것이 아니야. 우리 우정이 하루 이틀 우정이냐? 몇십 년 우정이여…."

어느 해 여름 내가 한국에 나가서 내 친구들을 모아놓고 한 말이다. 그리고 친구들도 동의해 주었다. 한 해는 내가 한국으로 가고, 한 해는 친구들이 미국에 오는 걸로 합의가 되었다. "우리가 살면 얼마나 살겠냐. 우리 모두 예순을 훌쩍 넘기고들 있잖냐?" 하면서 오가며 살자고 약속했다.

우리는 전라남도 해남에서 함께 성장했고 학교도 같이 다녔다. 수많은 추억들을 만들며 지금까지 우정을 지켜 왔다. 미국 사람들이나 한국 사람들이나 모두 부러워하는 우정이다. 애틀랜타의 우리 여행사 진희경 사장님도 우리 친구들의 우정이 참 좋아 보인다고 부러워하셨다.

이쯤에서 나는 진희경 사장님에 대해 한마디 해야겠다. 나는 비행기를 자주 타는 편이다. 뉴욕에 식구들이 살고 있어서 내가 휴가 갈 때나 시외에 일주일 이상 나가야 할 때 등 엄마가 뉴욕에 가 계셔야 하는데, 그때마다 내가 모셔다 드리고 모시러 가야 한다. 눈도 잘 안 보이시고 영어도 못하시는 데다 방향 감각이나 분

별력이 점점 약해지시는 것이 확실히 보였기 때문에 혼자 여행하는 것은 내가 안심할 수가 없어서다. 사실은 내가 안심하고 놀러 갈려고 하는 짓이다. 떠나기 전에 모셔다 드리고 휴가 끝나면 뉴욕으로 가서 모시고 내려온다. 그뿐인가. 진주가 보스톤에 있을 때는 보스톤에, 시카고로 이사 간 뒤로는 시카고로 진주를 보러 가기 때문에 비행기 타는 일이 잦다. 그 모든 복잡한 비행기 스케줄을 우리 여행사 지니(진희경 님의 미국이름) 사장님이 척척 해결해 주신다.

1불이라도 싸게, 조금이라도 편리하게, 어쩌면 그렇게 신속하고 정확하게 해결해 주실까? 승리 엄마 지니 사장님은 전문가 중에서도 으뜸 가는 전문가다. 친구들이 방미할 때도 여행 스케줄에서 귀국까지 친절하고 편안하고 정확하게 해주신다. 패키지 여행 가격이 너무 싸서 친구들이 정말 모두 포함된 것이냐고 몇 번씩 물어 볼 정도다.

언젠가 한 해는 진주까지 합세한다고 했더니 엄마 친구들하고 3주씩이나 함께 지내는 딸이 어디 있느냐고 놀랐다. 그래서 진주에게 그 말을 하면서 "애, 넌 참 이상해. 다 늙은 이모들이랑 엄마랑 휴가를 보내냐?"라고 물었더니 정색하면서 "엄마, 그 이모들이 어떤 이모들인데, 당연히 함께 해야지요"라고 하면서 활짝 웃는다. 딸아이가 아무래도 잘난 척하는 것은 나를 닮았나 보다.

아무튼 지니 사장님 덕분에 친구들이 올 때마다 편안하게 여

행할 수가 있고 즐거운 휴가를 보낸다. 한 번은 시애틀에서 비행기가 날씨 관계로 스케줄대로 출발하지 못하고 하루가 연기되는 바람에 캐나다로 가기로 되어 있는 일행에서 빠질 수밖에 없는 낭패를 겪게 되었다. 그때도 진희경 사장님은 몇 번씩 전화를 해 주시고 항의 편지를 내어 환불을 받아 주시기도 했다.

결혼한 지 8년 만에 어렵게 얻은 딸 승리(빅토리아), 얼마나 예쁠까. '엄마를 꼭 닮아 안팎으로 다 예쁘겠지?' 하고 상상만 했는데, 인터넷에서 Face book 사진을 통해 내게 보내 준 사진을 보니 정말 예쁜 모녀였다(또한 나중에 안 일이지만 진 사장님의 남편인 승리 아버지와 내 생일이 같은 날이어서 더욱 친근감이 생겼다).

"축하해요. 예쁜 딸을 얻으신 것! 좀 늦은 감이 있지만요. 앞으로도 우리 친구들 방미 여행이 계속될 거예요. 그때마다 귀찮게 할 겁니다. 각오하세요. 고맙습니다."

캐나다에서 얻은 친구

친구들이 떼 지어 몰려 왔다. 남편들도 덩달아서 여행가방을 들고 합세했다. 그 해 여름에는 진주도 합세하여 그럴싸한 단체(?) 여행객이 되었다. 친구들은 서울에서 시애틀로 오고, 나는 시카고에서 내려온 진주와 홍 사장의 딸 수지를 데리고 멤피스에서 시애틀로 비행기를 타고 가서 친구들을 맞아 합세했다. 시애틀에 있는 호텔에서 그날 밤을 지낸 다음 이튿날 캐나다 로키산맥으로 가는 관광버스를 탔다.

정말 아름다운 곳이었다. 가는 곳마다 영화에서나 볼 수 있는 멋진 전경들이 펼쳐졌다. 특히 루이스 호수는 그 물빛이 에메랄드빛으로 얼마나 아름다운지 정말 그 아름다움을 표현해 전할 길이 없다. 우리는 시골 아줌마들이 첫 서울 나들이 온 것처럼 '와아~'를 연발하며 구경을 잘했다. 북쪽으로 갈수록 너무 추워서 7월인데도 점퍼를 사 입어 가며 구경했다.

진주는 사진 찍기를 좋아해서 사진 기술학교 야간부에 나가 강의를 듣는 등 법석을 떨더니 캐나다에서 실습하듯이 마구 찍어댔다. 이모들과 엄마를 세워 놓고 단체 사진을 찍었는데 나중에 대문짝만하게 확대해서 '친구들' 노래 부르는 우리 엄마를 위한 것이라면서 내 방에 걸어 주기도 했다. 로키산맥 구경을 끝내고 시애틀로 돌아가서 이틀을 묵게 되었다. 옐로우스톤으로 가는 일정이 월요일인데, 시애틀에는 금요일에 도착한 것이다. 호텔에서 묵고 시애틀 시내로 가서 구경도 하고 바닷가로 나가서 싱싱한 해산물도 실컷 먹고 바글대는 사람 구경도 많이 했다.

월요일 아침 관광버스를 타고 옐로우스톤으로 향했다. 옐로우스톤 국립공원은 세계 최초의 국립공원으로서 자연 그대로를 보존하고 있는데 절대 개발을 금하고 있다. 88년에 큰불이 나서 완전히 허허벌판이 된 부분도 아직 그대로 흔적이 남아 있었다. 그것을 치우거나 하지 않고 그대로 두었다. 우리를 차에 태우고 그 공원을 구경시킨 관광버스의 운전사는 떡 벌어진 어깨에 배가 얼마나 나왔는지 앞뒤를 구별하기가 어려울 정도인 백인 여자였다.

사람을 좋아하는 내가 먼저 말을 걸었다. 이름은 메리 46세, 캐나다 미개발 지역에 땅을 15에이커 사놓고 말을 키워서 파는 소위 말 농장을 갖고 있는 사람이었다. 결혼은 한 번도 한 적은 없으나 남자친구는 있고 그와 결혼할 가능성이 상당히 높다고 했다. 다섯 살 연하의 바비라는 남자는 같은 관광버스 회사에서 운전하는 사람이다. 미국이나 캐나다와 마찬가지로 하루에 운전할 수 있는 시간이 제한되어 있어서 그 제한 시간이 되면 어디서나 교대 운전사가 기다리고 있다. 이튿날 메리와 교대할 운전사는 바로 바비인데 빨리 보고 싶다면서 환하게 웃었다.

바비는 큼직한 덩치에 맞지 않게 여성스러운 데가 있고 잘 웃었다. 교대로 운전하면서 메리는 바로 옆에 앉아 계속 바비와 웃으면서 대화를 하는데 나를 끼워 주었다. 우리 세 사람은 금방 친해졌다. 두 사람 다 똑같이 그 직업을 좋아하고 각국 사람들을 다 만날 수 있어서 좋다고 했다. 그런데 한 가지 불만은 여행 코스 중에 비타민이나 지방 특산물을 팔아 주는 일은 없었으면 좋겠다는 것이다. 그 시간에 한 군데라도 더 구경시키고 싶다는 것이다. 나도 같은 생각이라고 말하면서 한바탕 웃기도 했다.

우리 세 사람은 주소와 전화번호를 교환하고 꼭 연락하면서 우정을 계속 유지하자고 약속했다. 그리고 나는 두 사람이 결혼할 때 신부를 위해 웨딩드레스를 만들어 주겠다고 약속했다. 바비는 불공평하다면서 자기는 왜 옷을 만들어 주지 않냐고 투덜거려서 신랑 예복도 생각해 보자고 했다.

두 사람은 첫 한국인 친구를 얻었다면서 좋아했다. 나도 캐나다 여자, 씩씩하면서도 여린 데가 가끔씩 엿보이는 귀여운 메리를 친구로 얻고, 보너스로 그녀의 남자친구 바비까지 친구로 얻은 것이 기뻤다. 나는 집에 도착하자마자 가족사진 한 장과 편지를 그에게 보냈다. 우리의 우정은 가끔씩 주고받는 편지와 전화 통화로 지속되어오고 있다. 메리는 여전히 운전하고 있고 3년을 더 해야 농장 살 때 얻은 대출액을 모두 갚을 수 있다고 한다. 그때는 미련 없이 운전석을 떠나 말 농장으로 돌아갈 거라는 내 친구 메리, 지금은 어느 관광 명소를 달리고 있을까?

우리 가게에서 쫓아 낼 권리

　　　　　10여 년간 옷 수선 가게를 경영하면서 손님을 더 이상 내 가게에 오지 말라고 쫓아낸 일이 세 번 있다. 미국에 살면서 가장 쏠쏠한 재미가 있다고 생각하는 것이 바로 내가 소유한 집이나 사업체에서 사람들을 쫓아낼 권리가 있다는 사실이다.

　　그 첫 번째가 17세 여자아이다. 그 아이는 어느 날 엄마와 함께 검정 드레스를 가지고 와서 길이를 줄여 달라고 했다. 사흘 후에 학교 합창단의 콘서트가 있는데 그때 입어야 한다고 했다. 그녀들은 우리가게 단골손님 중에 속하는 사람들이어서 무슨 일감이든지 일주일 내지 열흘이 걸린다는 것을 잘 알고 있어서인지 제발 좀 사흘 내로 길이를 줄여 달라고 사정해 왔다. 그렇게 하겠다고 탈의실에 들어가서 옷을 입고 구두를 신고 나오라고 했다. 딸아이는 탈의실에 들어가고 엄마는 대기실에 있는 소파에 앉아서 기다리고 있었다.

　　그런데 거기까지는 모든 것이 순조로웠다. 갑자기 엄마가 탈의실 쪽에 대고 약간 큰 목소리로 딸에게 무엇인가를 물어봤다. 그때 딸아이가 내가 깜짝 놀랄 정도로 소리를 지르는 것이 아닌가.

　　"아까 물어 보더니 왜 또 물어 봐요? 그때 이미 대답했잖아!"

‘아, 피가 거꾸로 솟는 기분이란 게 바로 이런 거구나’ 하는 것을 깨달았다. 나는 주저 없이 탈의실로 달려가서 문을 확 열어 젖혔다. “너 몇 살이야!”라고 소리를 꽥 질렀다. 불과 몇 초 전의 그 기세는 어디로 갔는지 그 아이는 기어들어가는 목소리로 ‘열일곱 살’이라고 대답했다. 내 표정이 무서웠을 것이다. 그렇잖아도 쌀쌀맞게 보이는 인상에 화가 나서 찌푸리고 있었으니 말이다.

“내 가게에서 엄마에게 불손한 것은 절대 인정할 수 없어. 당장 네 옷 가지고 나가! 그리고 다시는 내 가게에 오지 말아라. 나는 너 같은 손님 필요 없어. 널 위해 바느질을 하느니 차라리 가게 문을 닫을 거다!”

아이는 징징 울기 시작하더니 옷을 갖고 나가 버렸다. 그리고 30분쯤 지났는데, 여자아이의 엄마에게서 전화가 왔다. 딸이 다른 수선가게에 가지 않겠다고 버티고 있다면서 좀 용서해 줄 수 있겠느냐는 것이다.

“당신이 문제군. 왜 이런 전화를 대신해 줘?”라는 말이 목구멍까지 나오는 걸 꾹 참고, 당신 딸이 전화로가 아니라 직접 와서 사과해야 한다고 했다. 그러면 생각해 보겠다고 했더니 한참 후에 모녀가 다시 가게에 왔다. 그 여자아이의 사과를 받고 옷을 줄여 주는 데서 그 사건은 마무리되었다.

두 번째 경우는 우리 가게가 있는 동네의 부잣집 마나님의 경우다. 대학교 졸업반인 딸이 댄스 파티에 입고 갈 옷을 급하게 만

들어 달라고 했다. 우리 가게는 토요일에 영업을 안 하니까 반드시 금요일 오후에 와서 찾아가라고 다짐해 두었다. 그 파티가 토요일 밤이었기 때문이다. 그녀가 금요일에 찾으러 오는 것을 깜박 잊은 데서 문제가 발생했다. 그 주말에 나는 교회 연합 집회가 있어서 2박 3일간 다른 도시로 갈 계획이 있었다.

금요일 오후 6시가 되자마자 가게를 나섰다. 일요일 오후에 집회를 마치고 집으로 돌아가는 길에 가게에 잠깐 들러 응답기에 있는 메시지를 들었다. 응답기에는 열세 개의 메시지가 저장되어 있었는데 모두 같은 사람인 듯했다. 첫 번째, 두 번째를 듣고 건너뛰어서 마지막 녹음 내용을 들었다. 욕까지 섞어 가면서 자기 딸의 댄스파티를 망쳤다고 악악거리는 내용이었다.

월요일에 가게 문을 열자마자 그 메시지의 주인공인 여자가 인상을 잔뜩 찌푸리고 들어왔다. 나는 언제나처럼 생글생글 웃으면서 그녀를 맞았다. 경찰서에 가서 우리 가게 문을 부수어 달라고까지 했다면서 어떻게 자기가 오지도 않았는데 문을 닫을 수가 있느냐며 억지를 부렸다.

"금요일에 오겠다고 한 것도, 그 약속을 지키지 않은 것도 당신입니다. 경찰이 아니라 미국 대통령일지라도 내 가게 부수고 들어왔다면 엄연한 범죄입니다. 빨리 돈 내고 드레스를 가져가되 다시는 우리 가게에 오지 마십시오."

세 번째는 고등학교 3학년 남자아이였는데 아버지와 함께 블

루진 바지 두 벌을 갖고 왔다. 한 벌은 지퍼를 새 것으로 바꾸는 일이고, 다른 한 벌은 길이를 줄이는 일이었다. 길이를 줄일 바지를 입어 보는 과정에서 아버지가 아들에게 "왜 그렇게 길게 입느냐? 그럴 바에 뭐하러 돈 내고 줄이냐? 그냥 질질 끌리게 입지"라고 말했다. 그러자 아들이 아버지에게 입에 담을 수도 없는 욕을 하는 것이었다.

"야, 너 저 문 보이지? 거기까지 10초가 걸리는데, 특별히 생각해서 내가 너에게 20초를 줄 테니까 당장 나가. 그리고 다시는 내 눈에 띄지 마. 그러자면 이 가게에 다시는 안 와야겠지?"라고 소리를 지르면서 끝났다. 세 사람의 경우 모두 지금 생각하면 좀 씁쓸한 일들이다. 그래도 그렇게 한 것에 대한 후회는 물론 없다.

한국에서 오신 사장님

"거기가 혹시 조월호 선생님 댁인가요?"

점잖은 한국 아저씨의 목소리였다. 목소리로 봐서는 40대 후반쯤이 될 법한데, 한 번도 들어본 적이 없는 목소리의 낯선 사람이었다. "제가 바로 조월호인데요" 했더니 "아, 여자 분이셨군요" 하면서 놀라는 것 같았다. 그리고 자기소개를 했다. 그는 한국에서 사업하는 사람으로 멤피스에 있는 일본회사에 사업차 왔는데 영어도, 일본어도 못하기 때문에 통역이 필요했다. 그 또한 길이 없어 생각하다 못해 멤피스 지역 한인 회장에게 연락하여 통역할 만한 사람을 찾아 달라고 했더니 내 전화번호를 주더라고 했다.

이튿날 한국에서 오신 사장님을 내 차에 태우고 회사로 갔다. 회사 측에서는 이미 한국에서 올 그 사람과 그 사람이 경영하는 회사에 대해 조사를 철저히 해둔 상태에서 많은 질문을 하는 데 비해 한국에서 온 사람은 보좌관도 없이 혼자서 가방 하나 들고 온 걸 보니 그 게임은 이미 끝났다는 느낌이 들었다. 아무튼 열심히 통역해 주고 난 뒤 나오는데 나에게 매장 구경을 좀 시켜 달라고 했다. 그때 마침 내가 쉬는 날이기도 해서 시간은 얼마든지 되었기 때문에 그러자고 했다.

물론 내 서비스는 무료가 아닌 한 시간에 100불이라는 걸 상기시킨 다음에 월마트로 데리고 가서 구경하게 했다. 사업가답게 여러 가지를 눈여겨보고 질문도 하고 수첩에 메모도 했다. 매장 구경이 끝나자 한국 가정을 보고 싶다고 했다. 미국에 살고 있는 우리나라 사람들이 어떤 집에서 살고 있는지 궁금하다면서…. 내가 아무 집에나 어떻게 데리고 가겠느냐면서 우리 집으로 가자고 했다. 우리 집을 보여 주고 간단히 점심을 대접했다. 앞뜰을 보고 꽃과 몇 그루의 나무들에 대해 감탄을 금하지 못했다. 뒤뜰로 데리고 가니까 먼저 운동장만큼이나 넓은 뒤뜰을 보고 너무 놀랐고. 그 넓은 뜰에 잘 가꾸어진 잔디를 보고 놀랐다.

사실 미국 사람들 기준으로 보면 우리 집이 그리 큰 집은 아니다. 한국 사람이 보기에는 좀 크게 보일 수도 있겠다. 한국에 40–50평 아파트를 넓다고 생각하면 사실 우리 집은 대궐로 보일 수도 있겠다 싶었다. "와아, 운동장이네요" 그러더니 대뜸 "아니, 왜 이 넓은 땅을 이대로 둡니까? 건물 지어서 팔지!" 나는 웃음을 터뜨릴 뻔했다. 나는 그저 뜰이 넓어서 좋고 꽃도 나무도 마음대로 심을 수 있어서 좋을 뿐인데 건물이라니… 웃음을 참느라고 혼났다.

앞뜰에는 각종 꽃들과 석류나무, 대추나무, 또 거기에 백목련, 자목련까지 그 자태를 뽐내고 서 있고, 뒤뜰에는 무궁화가 세 그루나 심어져 있으며 단풍나무도 있어서 좋다. 그리고 내 땅이라고 마음대로 건물을 지을 수도 없다. 허가를 받아야 하고 이웃

집 사람들의 동의도 있어야 한다. 골치 아픈 절차가 한두 가지가 아닌데 그것을 한국에서 오신 사장님은 아실까, 모르실까? 사고 방식 차이였다. 땅은 좁고 사람은 많이 살고 있는 나라에서 오신 그분은 넓은 땅을 보면서 건물 지을 생각을 하고, 나는 넓은 땅에 다음에는 무슨 꽃나무를 심을까 연구 중이다.

지금도 나는 뒤뜰과 앞뜰에 꽃나무만 심고 있다. 재작년 가을에는 튤립과 수선화 뿌리를 몽땅 사다가 묻었다. 이른 봄이 되니까 여기저기서 쏘옥 쏙, 고개를 내밀더니 정말로 예쁘게 피었다. 그 다음해 가을, 그러니까 작년 가을에는 튤립과 수선화 뿌리를 더 사다가 목련나무들 둘레에 심어 두었더니 금년 봄에는 튤립과 수선화의 향연이 있었다.

네덜란드가 아닌 미국에서 나는 튤립을 사랑하고 즐기고 있다. 그 고고하고 도도한 모습으로 반듯하게 피는 튤립과 쌀쌀한 초봄에 피어나는 수선화는 오랑캐 꽃 다음으로 내가 좋아하는 꽃들이다. 나는 앞으로 온 뜰이 꽃밭으로 변할 때까지 꽃을 심을 것이다. 물을 주고 잡초를 뽑아 주고 그 옆에 쪼그리고 앉아 중얼거릴 것이다.

"넌 참 곱기도 하구나. 예쁘게 피어나서 날 기쁘게 해줘서 고맙다. 올 겨울도 잘 견디어 주렴! 내년 봄에 다시 보자. 나도 추위를 이겨내고 건강하고 씩씩한 모습으로 널 맞을게."

5

멤피스에서 만난
이웃 사촌들

퍼 주는 재미

추수감사절은 미국인들이 성탄절 이상으로 중요하게 여기고 요란하게 지내는 명절이다. 일 년 중 가장 많은 사람들이 비행기를 타는 날이 바로 감사절 하루 전날인 11월 넷째 수요일이다. 나도 미국 사람이 다 되었는지 추수감사절이 좋다. 우선 '추수감사절'이란 말이 맘에 든다. 꼭 농사 짓는 사람이 아니더라도 한 해 동안 열심히 일하면서 건강을 유지하며 살았으니 얼마나 감사한 일인가.

그 유래는 미국에 정착하기 위해 죽음을 무릅쓰고 미국 땅에 온 청교도들이 많은 어려움을 극복하고 개척생활을 할 때 감사절을 지킨 데서 시작되었다. 아무튼 쉬기 좋아하는 미국사람들이 정해 놓은 공휴일이나 명절 중에 으뜸가는 명절인 추수감사절은 매년 11월 넷째 목요일이다.

대부분 직장인들은 목, 금요일 연휴를 즐긴다. 하지만 상업이나 식품 판매업, 혹은 식당 등에 종사하고 있는 이들은 감사절인 목요일만 쉬기도 하고 어떤 직장은 당일인 목요일에 반나절간 일하기도 한다. 나는 '내 가게 내 맘대로' 주의자이기 때문에 하루 전인 수요일 오전까지 일하고 낮 12시에 문을 닫고 긴 주말을 즐긴다. 남들이 보기에 즐기기는커녕 더 힘들어 보일수도 있겠다.

　수요일 오후, 나는 집에 가는 길에 식품을 사 가지고 간다. 그리고 밥 한술 뜨고는 곧바로 요리를 시작한다. 그것이 나에게는 즐거움인데 어떤 이들은 고생을 사서 한다고 제발 좀 쉬라고 충고하기도 한다. 그렇게 요리를 해놓으면 목요일에는 집이 장터처럼 북적인다. 감사절이 되기 2주 전쯤 교회에서 직접, 혹은 이메일을 통해 광고를 한다.

　"감사절을 맞아 집에 갈 수 없거나, 갈 집이 없는 사람 모두 우리 집에 오셔서 감사절을 보내세요. 특별히 먹고 싶은 음식이 있으면 3일 전에 신청해 주십시오. 그리고 몇 사람이 올지 미리 말씀해 주시면 음식 준비하는 데 도움이 되겠습니다."

　그렇게 광고가 나가면 별의별 신청이 다 들어온다. 그 동안 매월 셋째 일요일마다 우리 집에 다니면서 먹어 본 가락들이 있어서 각자 가장 맛있다고 생각했던 음식을 신청한다.

　"사랑하는 조 자매님, 불고기가 먹고 싶어요."

　스파게티, 라자냐, 애그롤, 무잎 요리, 볶음밥, 김치에 이르기까지 세계 각국 요리를 이메일이나 전화로 신청해 온다. 추수감사절 풍습대로 타조 요리, 고구마, 옥수수, 콩 등의 요리는 거의 하지 않는다. 그냥 먹으러 올 사람들이 신청하는 음식을 만든다.

　먹으러 오는 사람들은 유엔을 연상하게 할 정도다. 미국, 중국, 일본, 과테말라, 푸에토리코, 체코슬로바키아, 소련, 한국 등 여러 나라 사람들이다. 명절이 되어도 집에 갈 여유가 없거나 너무 멀어서 2,3일 연휴로는 갈 엄두도 내지 못하는 사람들이다. 그리고 딸아이에게서 전화가 온다. "엄마, 몇 명?" 그것은 금년에는 몇 명이 온다고 연락이 왔느냐는 뜻이다. 또한 딸아이도 먹고 싶은 음식을 신청한다. 어떤 해는 20명, 28명, 주로 30여 명이다.

한해는 날씨가 몹시 나빠서 운전하고 갈 수 있는 사람들도 발이 묶이는 바람에 50명이 온 적도 있다. 내가 부유하게 잘 살아서 그렇게 먹이는 것은 아니다. 그저 나누는 것이 좋기도 하려니와 거창하게 허풍을 좀 떨자면 감사의 의미를 살림과 동시에 나만의 독특한 방법으로 감사절을 뜻 있게 지내고 싶다는 바람이기도 하다.

사람들은 제각기 재미 있는 일을 좋아한다. 어떤 사람들은 1년에 2주 있는 휴가 때 사냥 가는 재미로 산다고 한다. 가끔은 먹는 재미에 목숨을 걸었다는 어이없는 사람들도 있다. 세상엔 참 별의별 재미가 많다. 휴가 가는 재미, 영화관을 제집 안방 드나들 듯 하며 새로 나오는 영화를 한 편도 놓치지 않고 관람하는 재미, 낚시 가는 재미, 캠핑 가는 재미… 성별, 인종, 성격 등에 따라서 크고 작은 재미들을 누리며 살아간다. 정말 저게 무슨 청승인가 싶을 만큼 아무것도 하지 않고 멍 하니 앉아서 하늘을 보면서 행복하다고 하는 친구를 본 적도 있다. 별의별 사람이 별의별 재미를 추구하면서 살아간다.

　나도 예외는 아니다. 먹는 것, 조깅, 노래 부르기, 바느질, 뜨개질, 요리, 줄넘기 등등 좋아하는 것도 많지만, 그중에 '사람'을 제일 좋아한다. 남녀노소는 물론 인종도 전혀 상관없이 나는 사람을 좋아한다. 그리고 무엇보다도 내가 그리도 좋아하는 사람들에게 막 퍼 주는 재미에 산다. 밥, 김치, 옷, 살림살이 등 누구에게든지 필요한 것이 우리 집에 있으면 줘야 직성이 풀리고 잠을 편히 잘 수가 있다. 퍼 줄 때마다 기쁘고 행복하다. 줄 수 있어서 신바람이 난다. 내가 좋아하는 사람들을 기쁘게 해 줄 수 있어서 더더욱 기쁘다.

둘째 주 토요일은 '소녀들의 날'

매월 두 번째 토요일은 '소녀들의 날'이다. 정해진 국경일은 아니지만 우리 교회에서는 잘 알려져서 모르는 사람이 없다. 처음에는 아홉 살 이상 여자아이들이라고 정했는데, 여덟 살, 심지어 일곱 살짜리 여자 아이들이 서운해 한다는 소식이 들려와서 하는 수 없이 일곱 살 이상 여자 아이들과 그 엄마들로 정했다.

소녀들의 날이란 우리 집에서 여자 아이들과 그의 어머니들이 모여서 오전 10시부터 오후 2시까지 여러 가지 활동을 하면서 보낸다. 10시에 모이면 우선 손으로 할 수 있는 갖가지 일들을 가르친다. 단추를 다는 방법, 기본 뜨개질, 조화, 요리, 간단한 바느질 등 다양하게 손으로 할 수 있는 것은 모두 가르친다. 그렇게 한 시간쯤 보낸 다음에는 찬송가를 부르거나 성경구절을 읽어 주고 쉽게 풀이해 주는 순서가 있다.

그리고 그들이 가장 좋아하고 기다리는 피자 먹는 시간이 된다. 아이들은 물론 어른들도 내가 집에서 만든 피자로 점심을 거나하게 즐긴다. 내가 만든 피자는 미국 사람들이 제멋대로 개량해서 만든 미국식 피자가 아니다. 이탈리아 할머니에게서 직접 배운 정통 피자다. 우연한 기회에 그 할머니와 대화하게 되었는데 음식이 주제가 되었다. 그분은 나에게 피자, 스파게티, 라자냐, 생선요리 등에 관해서 모든 정보를 주었다. 그 할머니에게서 얻어 듣고 적어 놓은 피자, 스파게티, 라자냐 등은 소스 만드는 방법에서 국수 만드는 법까지 잘 써먹고 있다.

미국에서 먹는 것과는 전혀 다른 피자로 점심을 해결한 다음에는 뒤뜰로 나간다. 우리 집 뒤뜰은 운동장처럼 넓은 잔디밭이어서 아이들이 뛰어놀기가 좋고 나무 울타리까지 둘러져 있기 때문에 아이들이 마음 놓고 뛰어 놀아도 안전하다. 거기서 아이들은 야구, 축구 등의 게임을 하는데, 날씨가 아주 화창한 날이면 데리고 나가서 우리 이웃집 앞을 지나 산책을 하기도 하고 가까운 공원에 가서 달리기도 한다.

그렇게 시간을 보내고 오후 2시가 되면 아이들은 엄마들의 차를 타고 집으로 돌아간다. 각자가 만든 공작품이나 음식을 아빠에게 보여 줘야겠다고 하면서…. 그리고 다음 달을 기약한다. '소녀들의 날'은 그렇게 계속되다가 중간에 잠깐 중단되기도 했지만, 다시 시작하여 지금까지 계속되어오고 있다.

중단되었던 소녀들의 날을 다시 시작하게 된 계기가 있었다. 교회에서 요즈음 어린아이들이 너무 할 일이 없다는 이야기가 나왔다. 아이들이 할 일이 없어서 텔레비전 앞에 앉아 있거나 영화를 보거나 컴퓨터 게임 등에 빠진다. 그래서 눈이 나빠지거나 비만이 되는 등 문제가 커지고 있다는 것이다. 장로님이 누구든지 토요일에 쉬는 사람은 아이들을 한두 명씩 데리고 건전한 활동을 해보라고 광고했다. 그때 소녀들의 날이 일단 중지되었을 때였기 때문에 나는 다시 시작하겠다고 광고했다. 우리 집에 남자가 있다면 남자아이들을 포함시켜서 소년, 소녀들의 날이 되었겠으나 우리 집에는 엄마와 나 두 여자만 있어서 소녀들의 날로 정했다.

내가 가진 것이나 음식을 퍼 주는 재미, 사람 사랑하는 재미로 살아가는 나에게 소녀들의 날은 또 한 가지 퍼 주는 재미다. 내가 손으로 하는 일은 뭐든지 좋아하고 끊임없이 새로운 것을 배우고 싶어 하는 습관이 있어서 아이들에게 그것까지도 퍼 주고 싶어서 시작한 것이 곧 소녀들의 날이다.

인생이 끝날 때 뭘 가지고 가겠는가. 모두 두고 가야 할 것이라면 지금 살아 숨 쉴 때 퍼 줄 기회를 만들어야 할 게 아닌가. 내가 세상을 떠난 다음에 살아남은 사람들이 나누어 가질 수 있는 것은 내가 쓰다 남긴 물건들 뿐일텐데 말이다. 내가 할 수 있는 것, 내가 가진 재능을 모두 퍼 주어야겠다. 예순이 되면서 이제 황혼에 접어들었다는 생각을 하니 더욱 많이 나누어 가져야겠다는 생각이 든다. 살아온 시간보다 살아갈 시간이 훨씬 짧을 것 같으니 그 마지막 날을 준비하는 방법으로 퍼 주는 일보다 더 좋은 방법은 없을 것 같다. 하여 떠나야 할 날 피식 웃으며 "참 잘 살았다. 정말 후회 없다"고 말하면서 눈 감을 수 있게, 멋진 노인네가 되고 싶다. 퍼 주자. 막 퍼 주면서 멋진 노인네가 되어가자.

천사의 도우미

　　　　어릴 적에 어떤 가게에서 천사의 사진을 본 적이 있다. 물론 누군가가 그린 그림이지만 그 사진 속에 천사는 정말 살아 있는 것 같았다. 속눈썹이 길고 눈이 크고 아름다웠다. 흰색 긴 옷을 입고 잠자리 날개만큼이나 얇은 날개를 활짝 펴고 품에는 갓난아이를 안고 있었다. 그 아기의 얼굴은 참으로 예쁘고 평화로웠다. 나는 그 가게에 갈 때마다 그 사진 앞에 서서 그 아기를 부러워하곤 했다. 저렇게 아름다운 천사가 안아 주고 보호해 주는 아기가 좋아 보였다. 물론 그때는 어린 시절이었기 때문에 수호천사가 보호해 주지 않으면 사람들 그 누구도 위험한 구렁텅이에서 빠져나올 수 없다고 믿던 때였다.

　　그러니까 좋게 말하면 순수했고, 사실대로 말하면 어리석은 시절이었다. 한번 상상의 날개, 공상의 나래를 펴면 끝이 없던 시절이었기에 그 천사의 사진을 본 날은 내가 그 사진 속의 천사의 품에 안겨 훨훨 날아다니는 상상을 했다. 그리고 엉뚱하게도 내가 그 천사의 도우미가 되면 함께 날아다니면서 예쁜 아기들을 보호하고 사랑할 수 있을 것이라고 상상하면서 즐거워했다. 그렇게 어이없는 상상을 하면서 어린 시절을 보내고 가난한 성장기를 거쳐 어른이 되었다.

그리고 어찌어찌 떠돌아 다니다가 미국에 살게 되었다. 처음에는 한국 사람이라고는 나와 딸아이밖에 없는 조그만 시골 마을에 살면서 외롭기도 했다. 시골 사람들은 우리가 처음 보는 동양인이라고 신기해했고 별의별 질문을 다했다. 그중에 가장 많은 질문이 어떻게 미국인 남편을 만났느냐는 것이었다. 특히 노인들은 나와 딸아이를 이상한 나라에서 온 엘리스라도 되는 것처럼 졸졸 따라다녔고, 동양 사람이 미국말을 한다고 신기해서 어쩔 줄을 몰랐다.

그렇게 몇 년을 살다가 이혼이라는 가슴 아픈 과정을 거치면서 멤피스로 이사했다. 멤피스의 인구는 백만 명쯤 되는데, 그중에 한국인이 3천여 명이다. 한국 가게도 있고 한국 식당도 있다. 그리고 쇼핑몰에 가면 가끔씩 한국인이 눈에 띈다.

그리고 무엇보다도 중요한 것은 멤피스로 이사 온 직후에 그동안 까맣게 잊고 살았던 그 사진 속의 천사를 만난 것이다. 그런데 그 천사에게는 이미 도우미가 있었다. 그래서 나는 그분들을 가까운 곳에서 뵙게 되면서 그 도우미의 도우미가 되겠다고 다짐했다.

그 천사는 남녀노소는 물론 가족, 친지, 이웃, 이웃의 이웃까지 무슨 일이든지 해결해 주었다. 돈이 없으면 빌려서라도 퍼주었다. 나는 그 천사에게

서 퍼 주는 법을 배웠다. 지금도 배우고 있다. 그리고 사람들에게 금전적인 도움을 줄 때 절대로 되돌려 받을 생각을 하지 않는다는 것을 확실히 배웠다. 그 천사는 참 많은 돈을 빌려 주고 되돌려 받지 못한다.

그런데 그 천사의 아내이자 도우미인 사람은 한술 더 뜬다. 누구라도 무엇이든지 그에게 주면, 특히 음식을 주면 1초의 망설임도 없이 거의 자동적으로 누구에게 나누어 줄 것인가를 생각한다. 그래서 나는 그 도우미에게 음식을 갖다 줄 때는 찜통 단위로 한다. 그래야 다 나누어 주고 조금이라도 남겨서 천사 부부가 먹을 수 있기 때문이다.

내가 보기에 그 천사는 모든 면에서 장자일 것이라고 생각했다. 그런데 알고 보니 장자의 역할을 하는 것뿐이었지 사실은 형님들도 계신다. 그 천사 두 사람을 옆에서 지켜 보는 것만으로도 나에게는 축복이다. 교육 중에도 가장 큰 교육이요, 살아 있는 교육이다. 그 교육은 20년이 훨씬 지난 지금도 계속 되고 있다. 연속 상영이다. 배우고 또 배우고 존경하고 또 존경한다.

유학생 유감시대

내 세대 사람들이 젊었을 때 미국으로 유학을 간다고 하면 가족들은 눈물바다를 만들었다. 그 당시 유학을 가면 5년이든 10년이든 공부가 끝나고 원하는 학위를 받기 전에는 귀국하지도 않았고, 할 수도 없었다. 그만큼 공부도 힘들었지만, 경제적으로도 풍요롭지 못해서였다. 내가 멤피스로 이사 올 때쯤이던 22년 전에도 내 젊은 시절보다 경제가 나았다지만, 지금처럼 여름방학, 크리스마스, 봄방학, 가을방학까지 휴강할 때마다 한국에 나가는 일은 거의 없었다.

그래서 멤피스 유학생들은 휴강하면 우리 집으로 오는 것이 큰 행사였다. 우리 집은 유학생들의 아지트였다. 그때는 지금처럼 여유 있게 사는 형편이 되지 않아 좁은 아파트에서 옹기종기 살 때였지만, 배고픈 유학생들에게는 별천지였다. 젊은이들이어인지 무슨 음식이든지 잘 먹었고 김치, 깍두기에 된장국이면 진수성찬이었다. 유학생들은 학기 중에 토요일만 되면 우리 집에 오곤 했는데 그때는 학생들과 어울리면서 나도 마치 여대생이나 된 것처럼 설치며 대화를 나누곤 했다.

영어가 짧은 학생들의 숙제를 도와주고 논문 쓰는 것도 힘닿는 데까지 도왔다. 실컷 얻어 먹고 숙제 도움까지 받으면서 학생들은 정말 좋아했다. 서윤환 선생님은 돈 벌어서 학생들을 다 먹인다며 걱정하셨다. "지금 유학생들은 진주 엄마보다 훨씬 부자여…" 하시면서 제발 밥 좀 그만 해먹이라고 핀잔을 주셨다.

그러나 남의 나라에 공부하러 온 우리 젊은이들에게 이민 선배로서, 인생선배로서 힘껏 도와주고 싶었다. 자기네들보다 미국에 훨씬 먼저 왔으니 영어나 법적인 지식이 조금은 더 낫기에 무슨 일이든지 도와주고 해결해 주었다.

심지어 어떤 학생은 신용도 없고 한국에 부모님은 가난해서 학비는 물론 생활비 전액을 아르바이트로 충당하고 있다고 했다. 유학생 비자로는 노동이 금지되어 있던 때라 주로 한국인이 경영하는 잡화상이나 세탁소 등에서 일했는데, 기숙사비는 비싸서 아파트 중 가장 싼 곳을 구해 살고 있었다. 그것도 룸메이트를 두 명이나 데리고 말이다.

그런데 학기가 끝나고 그 룸메이트 두 명이 귀국해 버리는 바람에 3개월 아파트 세를 혼자서 부담해야 했다. 그리고 돈이 없어서 쫓겨나게 되었다면서 나를 찾아왔다. 사정은 딱하지만 나는 가진 돈이 없다면서 돌려 보내 놓고 잠이 오지 않았다. 결국 이튿날 친구에게 빌려서 아파트 세를 내주었다. 그 테가 굵은 안경을 쓴 학생은 그 학기가 끝나고 아무 말 없이 어디론가 가버렸다. 나중에 들려오는 소문에 의하면 그 학생은 공산주의자가 되어 북한으로 갔다고 한다. 오랫동안 그 일은 내게 씁쓸한 기억으로 남아

있었다. 그 후 단 한 번도 그 학
생으로부터 연락이 없었다.

　어떤 여자 유학생은 다른 학
생들에게서 나에 대해 들었다면
서 나를 찾아와 영어를 좀 가르
쳐 달라고 했다. 그는 아줌마라고 부르기엔 내가 너무 젊고 마땅
한 칭호가 생각나지 않으니 그냥 언니라고 부르겠다면서 나를 추
켜 세웠다. 하여튼 거의 매일밤 그 학생에게 영어를 가르쳐 주었
다. 한국에서 영문학을 전공했는데 영어는 좀 하지만, 발음이 영
아니라면서 발음 교정을 해달라고 했다. 영문학을 했다더니 정말
영어를 잘했다. 나는 열심히 발음을 교정해 주었다. 머리가 빨리
돌아가고 하나를 가르쳐 주면 서너 가지를 알아냈다.

　그렇게 1년쯤 공부를 하러 다니더니 어느 날 갑자기 전화 한
통화 없이 발길을 끊었다. 며칠이나 소식이 없기에 내가 먼저 전
화를 걸었다. 전화가 끊겼다는 녹음이 나올 뿐이었다. 나중에 그
학생과 같은 교회에 다닌다는 아저씨를 우연히 만나 그 학생 소
식을 물어 보았다.

　"그 학생 한국 갔는데요. 한 3주쯤 되었는데, 모르셨어요?"

　공부를 접고 한국에 갔다는 것이다. 갑자기 좋은 혼처가 생겨
서 다 그만두고 귀국했다고 하는 게 아닌가? 정말 어이가 없었다.
엄마는 머리 검은 짐승 거두지 말라고 했지 않았냐고 노발대발하

셨다. 그 즈음에는 참 이상하게도 자꾸 씁쓸한 일만 연거푸 일어
났다. 조월호와 유학생 아무개 운운하면서 자꾸 나쁜 소문이 나
돌았다. 시간 쪼개어 가며 가난한 살림에 공부 도와주고 밥 해먹
였는데, 결과는 그렇게 나쁜 소문이고…. 그 시절은 문자 그대로
유학생 유감시대였다.

사랑의 맛

　　나는 자라면서 워낙 많이 굶어서 한이 된 모양이다. 음식을 적당히, 먹을 만큼, 필요한 만큼 하는 방법을 모른다. 스프는 찜통에 가득 만들어서 퍼 나누어 주고 애그롤을 만들면 보통 300개씩 말아야 직성이 풀린다. 스파게티를 만들면 소스를 찜통 두 개에 가득 만들어 이 사람 저 사람 다 불러서 나누어 준다. 그래서 20년 이상을 나와 함께 살고 계시는 엄마는 내가 음식 만들 기세가 보이면 "조금만 해라"를 무슨 주문인듯 외우시면서 따라다니신다. 한 달에 한두 번씩은 교회에서 예배가 끝날 무렵 일어서서 "우리 집으로 점심 먹으러 오세요"라고 광고하면 보통 40-50명 많으면 70-80명까지 몰려온다.

　　그래서 우리 집 차고에는 의자 30여 개와 큼직한 테이블이 하나 있다. 교우들 중 청년이나 학생들은 모두 뷔페식으로 준비된 음식 테이블에서 접시에 먹을 만큼 담아 가지고 차고로 나간다. 우리 집이 그리 큰집이 아니어서 함께 모여 앉아서 오순도순 먹는 것은 불가능하다. 그래서 차고로, 혹은 운동장처럼 넓은 뒤뜰로 내보내야만 한다.

　　고맙게도 우리 교회 교우님들은 젊으나 늙으나 똑같이 그 좁은 집안에서, 집 밖에서 잘도 먹어 준다. 한결같이 "와아, 맛있다"

를 연발하면서 두 번씩, 세 번씩 음식이 놓인 테이블로 가서 가져다 먹고 그것도 부족한 듯, 집에 갈 때면 항상 음식 테이블에 비치되어 있는 플라스틱 봉지에 음식을 가득 채워서 가지고 간다.

그리고 이 세상에서 조월호 자매님 요리 솜씨가 제일이며 그 누구도 따를 수 없다고들 한다. 그뿐인가. 한술 더 떠서 진주도 사방팔방으로 다니면서 '울 엄마 요리 솜씨' 운운 하며 떠들고 다닌다. 내가 지금 이렇게 얼간이 짓을 하는 것은 그 "최고 가는 요리사"에 대한 변명, 해명, 설명 등 무엇이든지 해서 바로잡고 싶어서다.

정말로 부끄럽지만 고백하고자 한다. 진실을 말하자면 나는 요리와 거리가 먼 사람이다. 내가 특별히 얌전하거나 여성스러워서 예쁘게 테이블 세팅을 한다거나 유럽의 어느 나라 요리를 해서 예쁜 색깔의 꽃잎이나 풀잎으로 장식해서 내놓고 와인 잔을 그 곁에 보기 좋게 놓는다거나 할 줄도 모른다. 음식도 요리책을 읽어가며 차례대로 만드는 것은 더더욱 아니다. 나는 그저 열심히 국적 불명의 음식을 만들어 낸다.

한 가지 남들이 흔히 쓰지 않는 방법을 쓰긴 한다. 그것은 내가 만든 음식을 먹을 사람들은 반드시 내가 사랑하고 아끼는 사람이어야 한다. 가족 친구, 교우, 모두들 내 자신인 듯 내가 사랑하고 아끼는 사람들이고 그들 또한 나를 사랑하고 아끼고 다독거려 주는 사람들이다. 특히 진주는 그렇다. 그 아이는 내 목숨, 내

삶, 내 인생의 전부다. 아이와 모든 사랑
하는 이들을 위해서 새벽 3시부터 일어나
서 열심히, 최선을 다해서 음식을 만든다.
사랑하는 이들이 배 두드려 가면서 맛있
게 먹을 생각을 하면 기운이 펄펄 난다.

특별히 진주를 생각하면 있는 정성 없는 정성 다 끌어다 부치면
서 지지고 볶는다. 그러니 맛이 없다면 이상하지 않겠는가.

　더구나 진주를 포함한 모든 사람들이 나를 사랑하고 아끼는
사람들이니 맛이 있을 수밖에 없다는 말이다. 한마디로 내가 만
든 음식을 먹는 사람들은 음식 맛이 아니라 사랑의 맛을 보게 되
는 것이다. 사랑의 맛은 우주에서 가장 아름답고 맛있는 것이 아
니던가.

인생을 마무리할 무렵에는

　　　　　새벽 3시에 일어나면 먼저 감자를 씻어 껍질을 벗기고 당근, 셀러리, 양파 등 필요한 채소를 다듬는다. 고기는 하루 전에 양념을 해두었기 때문에 볶기만 하면 된다. 손님들을 초대한 주말이면 우리 집 부엌에서는 마치 오케스트라 연주회라도 있는 것처럼 도마와 칼이 일정한 속도로 묘한 조화를 이루면서 딱딱딱 소리를 낸다. 나는 아직도 모든 음식은 손맛이고 정성 맛이라고 믿고 있기 때문에 채소를 기계로 써는 법이 없다. 일일이 직접 썰어서 쓴다. 조그만 도마를 싱크대에 놓고 그 많은 채소를 썰어 대니 오케스트라 연주하는 소리가 날 수밖에 없다. 보다 못한 진주가 대나무로 만든 대문짝만한 도마를 하나 사 줘서 훨씬 편리하고 빠르게 한다. 그 도마 덕분에 부엌 바닥에 편히 앉아서 한꺼번에 많은 채소를 썰 수 있게 된 것이다.

　　카레라이스는 우리 교회 식구들이 가장 좋아하는 음식 중의 하나다. 김이 모락모락 나는 밥을 퍼놓으면 각자 자기 접시에 덜어 담는다. 그리고 그 밥 위에 카레를 쫘악 끼얹은 다음 김치를 척척 걸쳐서 먹는다. 대부분 미국인들이다. 중국사람, 일본사람이야 김치 좋아하는 것이 이해가 된다. 하지만 미국사람들이 "김치 더 주세요" 하며 콧등에 땀을 송알송알 맺히면서 먹는 모습은 참 재미있다. "자매님, 김치 좀 더 주세요. 좀 싸 주시면 안 될까요? 이렇게 맛있는 채소요리가 또 어디 있을까요?" 등등 수다를 떨면서 먹는다.

나는 그 모습을 상상하면서 부지런히 요리한다. 신바람이 난다. 카레를 만들 때 항상 돼지고기 대신 닭고기를 넣는다. 엄마가 돼지고기를 드실 수가 없다. 의사가 오래 전에 돼지고기는 될 수 있으면 먹지 말라고 했는데, 지금까지도 철저히 지키신다. 에그롤을 만들 때도 엄마 드실 것을 따로 소고기를 넣어서 만든다. 각종 채소를 볶고 미리 볶아 놓은 닭고기를 섞어서 끓인 후 카레가루를 풀어 넣고 약간의 전분을 넣고 끓이는데 내가 제일 좋아하는 부분이 바로 그때다. 요리가 끝날 무렵, 카레가 완성되기 직전에 카레가루를 풀어 넣을 때다. 교회 식구가 약 50명이 오기 때문에 카레도 찜통으로 두 개를 해야 한다. 그 색깔이 어찌나 고운지 나는 그때마다 멍하니 그 색깔을 감상하곤 한다.

오, 또 그 국물은 얼마나 부드럽고 적당히 묽은가! 그리고 가끔씩 보이는 당근의 색깔이 너무 예쁘다. 그렇게 요리를 끝내고 밥을 짓는다. 고운 색깔의 카레, 김이 모락모락나는 밥, 보기만 해도 기분 만점이다. 이제 손님들이 와서 먹으면 된다. 마무리란 그것이 어떤 경우라도 좋은 것이다. 열심히 일하고 정신과 몸 모두 건강하게 살다가 인생을 마무리해야 할 무렵에 카레의 색깔처럼 곱게 늙어가고 싶다.

봄에 파릇파릇 싹이 나고 여름에 진초록으로 무성하다가 가을이 오면 붉고 노란 색깔의 옷을 입는 잎들처럼 보기 좋은 늙은이가 되고 싶다. 그래서 사람들을 만나고 더불어 살아가면서 "저 사람 인생 마무리 멋지게 하고 있네" 하고 감탄까지는 아니더라도 피식 웃으면서 내 어깨를 툭 쳐 주면서 "괜찮은 노인네군" 해 주는 사람이 있다면 얼마나 좋을까.

그리고 병아리 같은 어린아이들에게는 인자한 할머니였으면 좋겠다. 내 옷자락을 잡으면서 "할머니, 옛날 이야기해 주세요" 하며 졸라댈 수 있게 되면 정말 좋겠다. 젊은이들에게는 인생 상담을 하고 싶어질 만큼 편안한 할머니가 되고 싶다. 학교에서 직장에서 혹은 가정에서 무슨 문제나 어려운 일이 있으면 언제든지 내 집 문을 두드려 주면 좋겠다. 늙은이들에게는 거리낌도 망설임도 없이 친구가 되고 싶을 만큼 왠지 모르게 끌리는 그런 늙은이가 되고 싶다. 그리고 무엇보다도 나를 만나고 알게 되는 모든 사람에게 특별한 이유 없이도 기분 좋은 사람이고 싶다. 내 인생을 마무리할 무렵에는….

내가 만난 멤피스 가족

　　1989년 10월, 유난히 고운 색깔의 단풍잎을 주워서 책갈피에 넣으면서 문학소녀를 흉내 내고 싶은 그런 가을날이었다. 이삿짐 트럭 앞자리에 달랑 진주와 내가 타고 짐 칸에는 진주의 피아노와 책들, 그리고 화분 몇 개를 싣고 멤피스에 도착했다. 한국일보 여성 생활수기 모집에 입선한 "뿌리"를 읽으시고, 나에게 편지를 보내 주셔서 알게 된 서윤환 선생님께 미리 부탁해서 직장과 침실 한 개짜리 아파트를 마련해 둔 상태였다. 서글프고 비참한 생각도 들었으나 진주를 위해서는 못할 게 없다는 각오로 새 출발을 했다.

　　그리고 내 인생에 가장 소중한 사람들을 한 사람씩 한 사람씩 우연히 때로는 필연적으로 만나기 시작했고, 가족보다 더욱 가깝게 연결되어가고 있었다. 남녀노소를 가리지 않고 사람을 사랑하는 나는 차별 없이 마음을 주고받았다. 사람과 사람이 마음을 주고받는데 무슨 조건이 있을 수 있단 말인가. 어떤 때는 사람을 잘못 보고 마음을 주어 상처를 받기도 했지만, 나의 사람 사랑은 계속되었다. 멤피스에서 20년 이상을 살면서 천사도 만났고 천사의 조수(?)도 만났다.

　　나를 도와주고 보살펴 주는 이들을 보면 마치 천사 같다. 언젠가 다른 주에서 학교에 다니고 있던 동생을 보러 가는데 돈이 1불도 없었다. 그래도 그냥 진주랑 운전하고 무작정 달리는데 무슨 일로 그랬는지 기억에 없으나 길가에 차를 세우고 핸드백을 열었는데 거기에 100불이 있었다. 천사의 손길이었다. 그때는 정말 자동차에 넣을 가솔린 값도 없었다. 그뿐 아니다. 내가 집에서 바느질하다가 수선가게를 차렸을 때도 그 천사와 조수는 상당한 액수의 현금을 가져다주면서 이렇게 말했다. "나중에 많이 벌어서 갚아, 진주 엄마!"

그때 그 돈이 없었다면 정말 나는 부모님 모시고 진주랑 거리에 나가 앉게 되었을 것이다. 또 다른 한 분은 내가 돈이 필요할 때마다 잘 빌려 주셨다. 나를 끝까지 믿어 주셨다. 사람들은 오나가나 나에게 도움을 주는 사람이 많은 것은 내가 인복이 많아서 그렇다며 부러워하기까지 했다. 하지만 내 생각은 다르다. 인복이라고 말하기에는 그 사랑, 보살핌이 너무 크기 때문이다.

그들은 이미 태초에 내 가족으로 정해진 사람들이라고 믿는다. 천사부부, 서 선생님과 그분의 가족, 메리, 우리 이쁜이, 이 서방, 작은 엄마, 작은 아버지, 델 아저씨, 제리 아저씨, 지금은 고인이 된 스카모세스 변호사 할아버지, 잔디 깎아 주는 알튼 아저씨 등. 단 한 사람도 혈연으로 맺어지지는 않았지만 그 어떤 혈연보다 가까운 사랑과 정으로 끈끈하게 연결된 그분들 곁에 있을 수 있음이 크나큰 축복이라고 생각한다.

입양아 제이슨과 메리

아주 오래 전에 뉴욕 한국일보에 '미국 속에 우리 아이들'이란 제목으로 글을 써낸 일이 있다. 한국 아이들을 입양한 미국인 부모들의 모임인 '한국어린이입양부모회'의 연중 행사인 봄 소풍에서 겪은 일과 느낀 점을 썼다. 자녀가 없는 사람들이 대부분이지만, 두세 명 혹은 네 명씩이나 자녀들을 둔 사람들도 한국 아이를 입양해서 키우는 경우가 많다. 그리고 운명인지 그런 집안의 자녀들은 자기네들과 생김새가 전혀 다른 한국에서 온 동생을 한결같이 사랑해 준다.

그 소풍에 참가한 미국인 부모와 형제들은 사진 앨범을 가지고 나와서 아이들 입양 당시의 모습을 보여 주면서 자기네들이 얼마나 열심히 잘 키웠는지 자랑한다. 그도 그럴 것이 그 사진 속에 있는 아이들의 모습은 몹시 야위었거나 머리나 손발에 종기가 더덕더덕 나 있는 모습이기 때문에 몇 년 동안 자기네들이 그 병을 모두 고쳐서 이렇게 잘 키워 났다고 자랑하고 싶었을 것이다. 그들은 마치 무슨 상품을 선전하듯이 떠들어댄다. 그때 나는 참 슬펐다. 그 아이들이 마치 도살장에 끌려온 소 같다는 생각을 했다. 결코 그 아이들이 팔려 온 것도 아니지만, 내가 소풍 때마다 가져간 김치를 허겁지겁 먹는 아이들을 보면서 우리 아이들은 우리나라에서 우리가 키워야 된다고 썼다. 지금도 그 생각에는 변함이 없다.

그러나 한편 미국인 양부모들의 사랑과 헌신에 대한 고마움 또한 크다. 그 입양부모회가 흐지부지 해산되고 나도 딸아이만 데리고 멤피스로 이사 오게 되면서 소풍 일은 내 기억에서 점점 희미해져 갔다. 멤피스로 온 후 옷 수선 가게를 경영하면서 별의별 사람을 다 만나고 있다. 그중에 제이슨 피터슨이란 청년은 이름도 성도 완전히 미국사람인데, 생김새는 키가 자그마한 전형적인 한국 사람이다.

사업하는 아버지와 그 사업을 가끔 도우면서 집에서 살림을 하는 어머니에게 입양되었다. 부모님 사이에서 태어난 누나가 한 명 있는데, 아들을 낳고 싶은 엄마가 입양을 결심했다. 다시 아이를 가지면 또 딸을 낳을 것 같아서였다고 한다. 미국 아이를 입양하려면 5년씩이나 기다려야 하는데 한국아이는 6개월만 기다리면 된다고 해서 제이슨을 입양하게 되었다. 내가 한국을 자주 오가는 편이라고 했더니 언젠가 한번은 따라가고 싶다고 했다. 친부모를 만나고 싶지 않냐고 물었더니 그럴 생각은 없다고 했다. 양부모님도 친부모를 찾아주겠다고 마음의 결정만 하라고 했지만, 자신에게 부모님은 두 분뿐이라고 단호히 거절했다고 한다.

그러나 메리는 정반대다. 메리는 서른아홉 살의 노처녀로 입양아다. 변호사인 아버지와 교사인 어머니에게 아홉 살 때 입양

되어 왔다. 그들에게는 딸이 셋이 있었는데 한국 남자아이를 갓난아이 때부터 키우면서 미국아이들보다 정이 많다는 것을 보았다고 한다.

그래서 홀트 복지기관에 연락하여 한국 여자아이도 한 명을 입양하겠다고 신청했다. 3개월쯤 지난 후에 홀트에서 연락이 왔다. 아홉 살 난 여자아이가 한 명 있는데, 신체장애라는 것이다. 그들은 장애아에게도 가족이 필요하다면 데려오겠다고 했고, 메리는 일어설 수도 앉을 수도 없어서 전신으로 기어 다녀야 하는 모습으로 미국에 와서 드영 씨의 가족이 되었다.

양부모님이 메리를 맞아 가장 먼저 한 일은 가정교사를 데려오는 일이었다. 알파벳도 모르는 메리에게 한 달 동안 알파벳을 익히게 한 다음 학교에 입학시켰다. 그리고 여름방학 때 병원에 데리고 가서 허리에서 목까지 인조 등뼈를 넣는 수술을 받게 했다. 그리고 메리는 휠체어에 앉을 수 있게 되었다. 목발에 의지해서라도 걸을 수 있도록 하기 위해 수술도 여러 번 받았고 물리치료도 시도해 봤지만, 모두 허사였다.

그 뒤 장애자용 자동차를 씽씽 몰고 다니면서 직장생활을 할 수 있을 때까지 메리는 정말 열심히 공부했다고 한다. 아홉 살에 학교를 들어가서 스물아홉 살에 대학을 졸업하면서 학위를 세 개나 따냈다.

내가 메리를 만난 것은 어느 한인회 모임에서 통역해 주면서였다. 눈물을 줄줄 흘리면서 자기의 입양 사실과 엄마를 찾고 싶다는 말을 했고 나는 그것을 한국말로 통역했다. 그 모임이 끝난 후 메리에게 한국학교에 나가서 우리말을 배우라고 했다. 아홉 살 때 왔으니 조금만 노력하면 한국말이 금방 기억날 것이라고 격려해 주었다. 그때부터 메리는 나를 언니라고 부르고 있고, 우리 집 김치를 정기적으로 가져가는 사람들 중 우두머리가 되었다. 한국학교를 주말마다 열심히 다니더니 이젠 한국말도 잘한다.

한국에서 오신 함세웅 신부님을 만나 양부로 모시게 되면서 가끔 한국에도 간다. 내 딸 진주가 생부모를 만난 해에는 눈물을 흘리며 "언니, 진주가 부러워요"라고 말하는데 가슴이 너무 아팠다. 태어나자마자 쓰레기통 옆에 아무 서류도 없이 버려졌기 때문에 가족이 있는지 없는지도 모른다는 것이다. 그래서 한국에 가면 두 시간 세 시간씩 길가에 앉아 사람들을 바라본다고 한다. 중년 여자가 지나가면 '혹시 저 사람이 나를 낳아 주신 분일까?' 하고 상상해 본다는 것이다.

나는 그 말을 듣고 한국일보에 광고를 내보자고 했더니 그냥 그리워하면서 살겠다고 했다. 아무런 서류도 기록도 없이 불구로 태어난 갓난아이를 쓰레기통 옆에 버린 사람들이 지금 와서 나서겠느냐면서 그 광고를 보고 나설 수 없는 자신들이 얼마나 비참하겠느냐며 그분들 마음을 아프게 할 수 없다는 것이다.

그래도 자기가 죽으면 한국에 묻히고 싶다고 했다. 자기를 낳아 주신 분들과 같은 땅에 묻히고 싶다는 것이다. 한국에 갈 때마다 비행기에서 화장실에 갈 수 없기 때문에 이틀 전부터 먹지도 마시지도 않는다는 메리는 다음에는 추석 때 가서 함 신부님 어머니 산소에 가겠다고 벼르고 있다. 언젠가는 나를 따라 한국 가게 되면 내가 도와줄 거니까 실컷 기내식도 먹고 와인도 받아 마시겠다면서 기대가 대단하다. 나도 꼭 그렇게 하자고 약속했다.

의학박사가 된 진짜 이유

　　　　2002년 5월 1일 수선가게를 개업했다. 가게를 얻어 개업하기 전에 세탁소 일감을 가져다 하고 있었기 때문에 손님이 오기를 기다리고 있지 않아도 일은 얼마든지 있었다. 개업 첫날 아침 첫 손님이 들어왔다. 키가 크고 삼십대 후반쯤으로 보이는 백인남자였다. 그의 손에는 베이지색 치마가 하나 들려 있었다. 자기 이름은 피터이며 아내는 하버드 의대 출신 암전문의인 고어 박사라고 소개했다. 만약에 내 바느질 솜씨가 자기 아내 마음에 들기만 하면 나를 먹여 살릴 거라고 하면서 그 치마를 건네주었다.

　뭘 고칠 거냐고 물었더니 그걸 나 보고 찾아내라는 게 아닌가? 자기 아내가 굉장히 까다로워서 멤피스 구석구석에 있는 수선가게란 수선가게는 모두 다녀봤으나 아직 만족할 만한 곳을 찾지 못했다고 했다. 그 치마도 어떤 수선가게에서 버려 놓았다는 것이다. 그걸 고어 박사가 만족할 만큼 고쳐만 주면 앞으로 우리 가게 단골손님이 될 것이라고 했다.

　치마를 살펴보니 양 옆을 줄였는데, 박음새가 반듯하지 못하고 삐뚤게 박혀 있었다. 그걸 뜯어내고 다시 고쳐 주었다. 첫날이라서 손님도 없고 세탁소에서 가져 온 일감도 별로 많지 않아서 고어 박사의 치마를 즉시 고쳐 주었다.

이튿날 키가 크고 영화배우처럼 예쁜 한 여자가 옷을 한 보따리 갖고 가게에 들어섰다. 고어 박사였다. 생글생글 웃으면서 자기소개를 시작했다. "어제 여기 와서 치마를 고쳐 간 피터는 내 남편이고, 내 이름은 마가렛 고어입니다. 부대통령 알 고어와는 친척이 아닙니다." 그녀가 따발총처럼 빠른 속도로 말한 사연은 참으로 어이없을 정도로 극적이었다.

부모님 두 분 다 의사로 그 당시 하버드 의대에서 교수로 재직하고 있었다. 하버드대 교수의 자녀가 그 학교에 다니면 학비 면제는 물론이고 여러 가지 혜택을 받을 수 있어서 열심히 공부해서 하버드 의대를 졸업했다고 한다.

"도대체 그렇게 잘 빠진 몸매와 미모에 왜 하필이면 의사인가요? 패션모델을 하면 좋을텐데…." 이렇게 물었더니 그 대답이 참 충격적이었다.

"나는 어릴 적부터 예쁘고 비싼 옷을 좋아했는데, 모델을 하면 아주 일류가 아닌 이상 돈을 벌 수 없지요. 그러면 비싼 옷을 사 입을 수가 없어서 돈을 가장 많이 확실하게 벌 수 있는 의사라는 직업을 택했어요."

한마디로 비싸고 예쁜 옷을 사기 위해 의사가 되었다니 의술이 인술이 아니라 순전히 상술이라는 것인가! 옛 선인들이 "오호 통제라"고 하셨다는데, 그 말을 빌려서 한 번 외치고 싶어졌다.

그날 사실 나는 그 말에 충격을 받아 고어 박사를 좋아하게 될 것 같지 않은 예감을 갖고 있었다. 그러나 거의 일주일에 한 번씩 우리 가게를 드나드는 고어 박사를 사귀게 되면서 그녀가 얼마나 사랑스런 여인인가를 알게 되었다.

피터와 고어 박사는 두 사람 모두 의대 졸업 후 인턴 시절에 만나 결혼했다. 그로부터 3년이 지난 뒤 같은 병원에서 피터는 외과의사, 고어 박사는 암 전문의가 되었고, 어느 정도 안정된 생활을 할 수가 있었다. 그래서 두 사람은 결혼기념일을 자축하는 근사한 저녁을 먹으면서 아이들을 갖는 문제를 의논하여 중요한 결정을 내리게 되었다. 두 사람이 똑같이 아이는 둘 낳자는 것과 남의 손에 맡겨 양육할 수가 없다는 의견이 일치했다.

아내인 고어 박사는 아이를 낳는 것까지는 좋은데, 집에서 살림하고 아이들 돌보는 일은 싫다고 단호하게 말했다. 그러자 그녀의 남편인 피터 베스카인 박사는 자기가 일을 그만두고 집에 들어앉아 살림하고 아이들 키우겠다고 말했다. 그래서 첫아이 애비가 태어나면서 피터는 의사 가운을 벗고 집에서 살림하고 아이를 키우기 시작했다. 둘째 데이빗이 태어나자 도우미를 한 사람 구해서 빨래와 청소를 맡기고 그 외에 집안의 모든 일은 피터가 도맡아했다. 우리 가게에도 고어 박사가 맡겨 놓은 옷을 찾는 일은 매번 피터가 했다.

우리 집에서 열리는 '소녀들의 날'에 대해서 말해 줬더니 딸아이 애비를 데리고 왔다. 모두에게 고어 박사라고 소개했더니 "아닙니다. 병원에서 고어 박사지 여기서는 매기(마가렛의 애칭)라고 불러 주십시오"라고 말했다. 그는 다른 여자아이들과 그 애들의 엄마와 똑같이 바닥에 앉아 뜨개질을 배우고 조화를 배우고 바깥에 나가 놀 때에도 함께 놀면서 어린애처럼 좋아했다.

크리스마스에는 반드시 선물을 사서 "우리를 친구로 사랑해 주셔서 감사합니다"라는 쪽지와 함께 가게로 갖다 준다. 내가 머리만 아프다고 해도 얼른 처방전을 써주거나 병원에 가서 샘플 약을 갖다 주면서 걱정해 주는, 그런 친구가 되었다. 내가 만든 쿠키에 완전히 중독되었다면서 쿠키 구울 때마다 연락하면 피터를 보내겠다고 했다. 물론 그렇게 하고 있다.

참 세월이 빠르다. 애비가 중학생이 되었고 고어 박사가 오십이 되었다. 아직 아가씨 같은 모습이어서 오십이라는 나이가 어울리지도 믿어지지도 않는다. 딸 애비가 말 타고 싶다고 하니까 당장 농장을 세내어 주말이면 딸을 데리고 승마를 한다. 자기가 의사 된 목적이 옷 때문이라는 말이 절대로 거짓이 아니라는 걸 증명이라도 하듯이 비싼 옷을 날마다 가지고 온다. 아예 자기 옷을 사 주는 바이어를 채용하여 그 사람이 보내 주는 옷을 상자째 가지고 와서 고쳐 입는다. 키가 크고 좀 마른 편이어서 한 번도 새 옷을 그대로 입는 걸 못 봤다. 그런데다가 까다로워서 사분의 일인치만 커도 줄여 달라고 한다. 그는 자기가 성격이 까다로

우니 수선비를 배로 받으라고 하여 그렇게 하고 있다. 우리 가게 첫 손님일 뿐만 아니라 이제 친한 친구가 된 단골손님인 고어 박사는 자기 고백대로 오늘도 어느 아이 엄마에게 자녀가 언제 죽을 것 같다는 슬픈 선고를 하고 있을 것이다. 소아암 전문의이기 때문에….

인생을 가르쳐 준 스키너 여사

미국인들은 대부분 키가 크고 골격이 클 뿐만 아니라 눈도 코도 입도 모두 크다. 그러나 작은 사람들은 한국 사람인 나보다 더 작은 사람도 더러 있는데 그중 한 사람이 스키너 여사다. 그는 우리 가게 단골손님 중 한 사람으로, 키가 나보다 훨씬 작은 83세의 백인 할머니다. 그 나이에 무남독녀 실비아 씨의 극구 만류에도 불구하고 직접 운전하면서 일을 한다. 35년째 같은 일을 하고 있다. 사무용품을 배달하고 있는데 대부분이 30년 이상 된 단골손님들이라고 한다.

큰 기업들이야 사무용품을 공장에서 직접 트럭으로 보내오지만, 개인 사무실에서는 일일이 사러 가기도 번거롭고 그렇다고 그런 일을 맡아 줄 도우미를 채용할 만큼 규모가 큰 것도 아니어서 스키너 여사에게 전화나 문자로 필요한 것을 주문한다. 그 양이 작기 때문에 스키너 여사 혼자서도 얼마든지 할 수 있는 일이다. 65세가 되기를 손꼽아 기다렸다가 연금을 타 먹고 사는 노인네들이 대부분인 이 나라에서는 보기 드문 할머니다.

가끔 같이 저녁을 먹자고 나를 초대해 주어서 대화할 기회가 생기기도 한다. 이를 계기로 내가 복음을 전했는데 이제는 열심히 신앙생활을 하고 있다. 가끔 우리 집에 초대하면 씽씽 달려와

서 그 큼직한 구형 자동차를 약간 비뚤어지게 주차해 놓고 들어
온다.

나는 그 할머니에게서 많은 것을 배운다. 미국 역사, 정치 이
야기, 미국 풍습, 요리 등 여러 가지를 배우지만 가장 으뜸은 역
시 인생 공부다. 그녀는 무슨 일을 하든 항상 최선을 다하라고 강
조한다. 어떤 일이나 열심히, 그리고 나의 전부를 다해서 내일 죽
을 사람처럼 하라고 한다. 일도 공부도 심지어는 잠자는 일, 먹는
일까지도 최선을 다할 뿐만 아니라 즐거운 마음으로 하라는 것이
다. 그렇지 못하고 억지로 하거나 먹고 살기 위해 하는 수 없다는
마음으로 일하면 결국 스트레스가 쌓이고 암 같은 불치병에 걸리
게 된다는 것이다. 즐거운 마음으로 모든 일을 하면 감사하는 마
음은 자동으로 생긴다고 한다.

하지만 그것을 행동으로 옮기는 것이 그리 쉽지만은 않다는
단서를 붙이면서…. 언뜻 들으면 순억지를 쓰는 것 같은 말투로
"조 여사, 즐거움을 습관화하세요. 습관이 되면 억지로 할 필요
가 없어요. 즐거움이 습관이 되어 버리면 당신의 인생은 행복으
로 가득 찰 거예요. 행복은 즐거움이거든요. 그녀의 그런 인생론
은 결혼한 지 3년 만에 딸아이가 첫돌을 맞을 무렵 지붕에서 일하
다가 떨어져 죽은 남편에게 배운 것이라고 한다.

재혼이라는 말은 상상조차 해본 적이 없으며, 다른 남자와 데
이트 한 번 하지 않았다고 한다. 교회에서 결혼식을 하면서 영원

히 그 사람만 사랑하겠다고 하나님과 가족 앞에서 약속해 놓고, 재혼은 또 무슨 말이냐고 한다. 그리고 요즈음 사람들이 결혼, 이혼을 무슨 계절 따라 옷 갈아입는 것처럼 한다면서 혀를 끌끌 찬다.

그래서 스키너 여사의 딸은 그런 엄마의 인생철학 때문인지 첫 결혼에 실패했는데도 엄마 눈치를 슬슬 보면서 재혼할 생각을 하지 않고 있다고 한다. 그러나 스키너 여사는 딸이 재혼하겠다면 말릴 생각이 없다고 한다. 자신의 인생관을 딸에게까지 억지로 갖다 붙일 생각이 없다면서 이혼한 즉시 재혼한 딸의 전 남편에게도 그렇게 말했다고 한다.

그는 "우리 모두 행복하면 됩니다" 하면서 작은 체구가 믿어지지 않을 만큼 큰소리로 껄껄 웃었다. 왜 그런지 그 크고 오히려 남자 같은 웃음소리가 퍽 쓸쓸하게 들렸다. 언제 정년퇴직할 거냐고 묻는 나에게 의아한 표정으로 "조 여사는 일을 그만둔다는 생각을 하세요?"라고 되물었다. 자신은 움직일 수 있는 그날까지 일을 할 것이라면서….

나는 더 이상 말하지 않았다. 그런 스키너 여사에게 "나는 65세에 정년퇴직하고 훨훨 날아다니며 살고 싶어요"라고 말하면 몽둥이 들고 달려들 것 같아서다.

"스키너 여사님, 오래오래 건강하시고 움직일 수 있는 날까지 열심히 일하세요. 즐겁고 감사하는 마음으로요."

6

희망 전주곡

별난 프러포즈

살다가 어느 날 갑자기 주위를 돌아보니 발렌타인데이가 세계적인 명절이 되어 있었다. 한국, 일본, 중국 등 아시아에도 그 열풍이 대단했다. 그날에는 장미꽃 초콜릿, 카드 등이 없어서 못 팔 지경이라고 한다. '과연 그들 중 얼마나 많은 이들이 그 유래가 어떤 것인지나 알고 저 야단들일까' 하고 생각하니 웃음이 절로 나왔다.

운전하면서 라디오를 듣다가 우연히 세상에서 가장 소중하고 로맨틱한 발렌타인데이 선물이라는 제목으로 경험담을 모은다는 광고를 들었다. 나도 미국에 살면서 이 사람 저 사람에게서 크고 작은 발렌타인데이 선물을 받아 보았고, 장미꽃도 받은 적이 있다. 그러나 그런 콘테스트에 응모할 만큼 애틋하거나 가슴이 두근거린 기억은 전혀 없었다. 그래도 그 응모작들은 듣고 싶었고, 호기심이 발동했다. 3주일이 남은 발렌타인데이까지 하루에 두 작품씩 읽어 준다고 했다. 하루도 빠지지 않고 열심히 들었다.

별의별 사연들이 많았지만 단연코 그날 '청혼 받은 이야기'가 으뜸이었다. 장미꽃 속에 반지를 넣어서 청혼한 남자친구 자랑도 있었고, 초콜릿 케이크 한가운데 반지를 꽂아 놓은 사람도 있었다. 그런가 하면 어떤 사람들은 노래를 작사 작곡하여 불러주기도 했단다. 어떤 대학생 부부는 고등학교를 졸업하던 해 발렌타인데이에 로미오와 줄리엣에 나오는 발코니 장면을 재연하다가 떨어져서 입원했다고 한다. 또한 병원에 문병 온 여자 친구에게 그녀가 사들고 온 장미꽃을 빌려서 되돌려주면서 청혼한 사연이 있었는데, 너무나 로맨틱해서 즉시 '예스'라는 답을 받았다고 한다. 어떤 것은 좀 어이없기도 하고 덤덤하기도 했으나, 그중 귀에 확 들어와 꽂히는 한 사연이 있었다.

그 여자는 남자가 사는 곳에서 자동차로 열여덟 시간이나 가야 하는 다른 주에서 의대를 졸업하고 인턴 과정을 하고 있었다. 남자는 아직 대학원에 재학 중이라 부모님 집에 얹혀 살고 있었다. 물론 두 사람 다 아직 경제적인 여유가 없었다. 특히 인턴 과정을 밟고 있는 남자에게는 시간이 없어서 두 사람 다 자주 보러 오고 갈 형편이 못 되었다. 그래서 주로 전화나 편지 등으로 데이트를 즐길 수밖에 없었다.

그런데 발렌타인데이가 된 것이다. 여자는 청혼을 기대하고 있었다. 서로 전화로 마음을 확인한 상태였기 때문에 다음 단계는 청혼이었다는 것이다. 아니나 다를까. 발렌타인데이 전날 여자는 소포를 받았다. 분명히 반지가 들어 있을 거라 생각하고 가슴 두근거림을 억누르고 소포를 뜯었다. 그런데 그 상자 안에는 닳고 닳은 운동화 한 켤레가 들어 있었다.

어이가 없었다. 로맨틱한 청혼과는 너무 거리가 먼 발렌타인데이 선물이었다. 전화를 걸어 그 의미를 물어 봤다. 그 운동화는 남자가 조깅하면서 몇 년간 신은 운동화인데, 그 어떤 운동화보다 가볍고 발이 편해서 새 운동화를 신지 못하고 결국 그 헐고 다 닳은 운동화만 신는다고 했다. 따라서 영원히 그것만 신게 될 것인데 당신도 나에게는 그렇게 편안하고 고향 같은 사람이니 결혼해서 영원히 서로에게 그 운동화처럼 편안하고 아늑한 사람이 되어 함께 살자고 하더란다. 말하자면 다이아몬드 반지 대신 닳고 닳은 운동화로 청혼을 한 것이다.

나는 갑자기 그 여자이고 싶었다. 누군가에게 아니면 만인에게 닳아서 아주 편한 그런 운동화 한 켤레가 되고 싶다.

새털구름처럼

　　　진주가 다섯 살 때 병아리처럼 노오란 색깔
의 비단으로 원피스를 만들어 입혀서 뉴욕 행 비행기를 탔다. 뉴
욕에 사는 언니가 진주에게 뉴욕 구경을 시켜 주고 싶다고 해서
였다. 마침 나도 진주가 학교에 들어가기 전에 뉴욕에 한 번 데리
고 가서 이모들과 큰 삼촌이 살고 있는 뉴욕이라는 도시를 보여
주고 싶었다. 아이는 아주 좋아했다. 비행기에 앉아 안전벨트를
매면서 신기해서 어쩔 줄을 몰랐다.

　　　한국에서 미국으로 올 때 아이는 18개월이었으니 비행기 타
는 것이 어떤 것인지 기억할 리가 없었다. 이륙하기 위해 비행기
가 천천히 활주로 쪽으로 가는데 창 밖을 보던 진주가 갑자기 "엄
마, 금방 비행기가 하늘에서 뚝! 떨어졌어요!" 하고 소리를 질렀
다. 멀리 착륙하는 비행기를 본 모양이었다. 옆에 앉은 수염이 하
얗고 반짝거리는 할아버지 승객이 껄껄 웃으면서 말했다. "그래
그래. 하늘에서 떨어졌지. 네 말이 맞다. 암, 떨어졌구 말구! 그
녀석 참 귀엽기도 해라!"

　　　비행기가 이륙한 후 안전벨트 사인이 꺼지자 사람들이 서로
이야기를 하면서 떠들기 시작했다. 어떤 이는 책을 읽기도 하고
분위기가 부드러워지고 있었다. 진주는 계속 창 밖을 내다보며

즐거워했다. 한참 후 진주가 또 한마디 했다.

"엄마, 아이스크림 좀 봐. 바깥에 아이스크림이 무지 많아요. 와, 아이스크림 먹고 싶다."

하얀 수염의 승객은 사랑스럽다는 듯이 진주를 다독이며 웃었고 나는 아이에게 아이스크림이 아닌 구름에 대해서 이야기해 주었다. 조개구름, 뭉게구름, 먹구름, 그리고 새털구름 등에 대해서. 새털구름을 이야기하면서 내 생각은 나래를 펴고 훨훨 날아 비행기 밖에 아이스크림이 많은 곳을 노닐고 있었다. 나는 새털구름이 참 좋다. 우선 언제, 어디서 혹은 어디로든지 항상 떠날 준비가 되어 있는 듯 날씬한 모양새가 맘에 든다.

어디론가 떠나고 싶은 저녁 나절, 가볍고 예쁜 모습으로 훌쩍 떠날 수 있는 축복을 새털구름은 온몸에 담고 있다. 얼마나 큰 축복인가. 떠날 수 있는 것은… 그렇게 살고 싶다. 새털구름이고 싶다. 정착이란 말은 기억하고 싶지도 않다. 정착에는 이끼가 끼어 있고 냄새도 그리 좋지 않을 것 같다. 그래서 적어도 내 영혼만은 정착을 거부하고 싶다. 그래서 나는 새털구름 모양을 닮아 가볍고 아름답고 싶고, 떠나고 싶을 때 훌쩍 날아 떠나고 싶다. 새털구름으로 살고 싶다.

무지개를 보기 위해 맞은 비

고교시절 나는 비를 참 좋아했다. 아마 내 친구들은 기억할 것이다. 비만 오면 무엇인가에 홀린 듯 비를 맞고 헤매곤 했다. 빗줄기가 얼굴을 때리면 감촉이 좋았고 옷이 흠뻑 젖어도 너무 좋았다. 무슨 청승이었을까. 비만 오면 근질근질했으니 말이다. 어떤 날은 비를 너무 많이 맞아서 앓아 눕기까지 했다. 그런데 매스컴에서 엄청난 말을 떠들어대기 시작했다. 비에 섞인 이름도 기억나지 않는 무슨 물질 때문에 "비 맞으면 죽는다. 혹은 몹쓸 병에 걸린다" 등등 떠들썩하게 방송을 해대니까 식구들이 기를 쓰고 말리고 막아서는 바람에 비 맞고 다니는 것이 좀 뜸해졌다.

그런데 미국에 온 후로 다시 그 병(?)이 도졌다. 그러나 미국에서는 젊은 여자가(혹은 늙은 여자) 비 맞고 걸어 다니면 즉시 신고가 들어간다. 미국인들의 준법정신과 신고정신은 세계 1위이지 싶다. 어떤 동양여자가 비를 맞으면서 헤매고 있다는 신고가 들어가면 여지없이 정신병원 행이다. 그래서 생각해 낸 것이 드라이브다. 비가 오면 오밤중에 240번 순환도로를 타고 달려서 미시시피 강변으로 간다.

약 45분 거리다. 고래고래 소리를 질러 노래를 부르면서 간다. 빗속 질주하는 것이 좀 위험하기는 해도 운치, 기분은 만점이다. 혼자 운전하면서 우울해 할 수도 있고, 슬퍼할 수도 있고, 엉엉 울 수도 있다. 그리고 가끔은 아주 가끔은 행복해하기도 한다. 혼자여서 그런 미친 짓도 맘대로 할 수 있다고 생각하면 기쁘다. 그래서 행복하다.

미시시피 강변은 몇 년 전만해도 나만의 장소였다. 개발되지 않은 오지였기 때문에 아무도 그곳에 가지 않았다. 주차를 멀찌감치 해두고 걸어서 강가로 내려갔다. 지금은 강변을 개발해서 멋진 공원이 되어 내 자리를 멤피스의 시민들에게 빼앗기고 말았지만, 개발하기 전에는 참 조용하고 평화스러웠다. 강가에 앉아 흐르는 물결을 바라보며 생각을 정리하고 복잡한 문제의 해결책을 찾는 데는 참 좋은 장소였다.

어느 해 크리스마스 이브에 비가 내려서 내가 자주 가는 강변으로 달려갔다. 차를 세우고 비가 내리는 차창 밖을 바라보면서 잠깐 앉아 있었는데 잠이 들었다. 눈을 떠 보니 크리스마스 아침 5시였다. 그곳은 그렇게 나를 편안하게 해주는 곳이었다. 차창 밖에는 여전히 비가 부슬부슬 내리고 있었다. 참으로 평화로운 아침에 걸맞은 날씨였다. 해가 뜰 무렵 비가 그치기를 간절히 바랐다. 밤새 비가 내리다가 햇살이 비치면 그 끄트머리에 화사하게 빛날 그 무지개를 보고 싶어서다. 어릴 적에 학교에서 무지개 색깔을 배울 때 빨주노초파남보를 열심히 외우던 기억이 새로웠다.

내 삶에서 무지개는 어디쯤 있을까? 자연스럽게 지난날을 돌아보게 되었다. 하지 말아야 할 말을 툭툭 쏘아붙여서 듣는 이의 가슴을 후비지나 않았는지? 무슨 말이나 행동으로 내 마음을 아프게 하고 나를 울게 한 모든 사람들을 나는 과연 용서했을까? 그리스도인입네 하고 떠들고 다니면서도 노여움이나 한으로 똘똘 뭉쳐서 괴물처럼 흉하지나 않았는지? 그 모든 것들, 내가 겪은 많은 일들은 빗줄기가 아닐까? 무지개를 보기 위해 맞아 온 비가 아닐까? 더욱 아름답고 고운 무지개를 보기 위해서, 그리고 환히 웃을 수 있게 비를 흠뻑 맞자. 용서하자.

새벽이 열리는 그 시간은

　　　　　내가 살고 있는 테네씨 주에는 주립공원이 참 많다. 땅덩어리가 넓어서인지 크고 작은 주립공원이 140여 개가 있다고 한다. 그것은 다른 주도 마찬가지다. 공원에는 하이킹 코스나 사냥, 낚시 할 수 있는 시설이 잘되어 있으며 가족이 소풍을 갈 수 있도록 고기 구워 먹는 스토브와 식탁과 의자들이 잘 비치되어 있다. 연못이 있는 곳에는 그 크기에 따라 배도 탈 수 있게 되어 있다.

　모텔이 있는 곳도 있지만 통나무집을 빌릴 수 있는 곳도 많다. 식당까지 구비된 곳이 많아서 실컷 놀고 휴식하고 며칠씩 보낼 수 있게 되어 있다. 골프를 칠 수 있는 공원도 많아서. 많은 사람들이 골프 연습 겸 휴가를 주립공원으로 간다. 주립공원이어서 모텔, 식당 등이 상당히 저렴한 편이다. 물론 사냥, 낚시, 골프 등은 무료다.

　얼마 전에는 주정부 예산이 적자여서 앞으로는 모든 시설 사용료를 받아야 할지도 모른다는 소식이 들리자 주민들이 들고 일어났다. 주민들은 주정부에 이메일을 보내고 신문이나 텔레비전, 라디오 등에 탄원서를 내는 등 법석을 떨었다. 세금 꼬박꼬박 받아 어디에 쓰고 공원시설 사용료를 받을 생각을 하느냐고 펄펄

뛰었다. 그 말 때문인지 사용료를 받아야 한다는 말은 슬그머니 꼬리를 감추고 말았다. 그 많은 주립공원 중에 두 번째로 큰 주립공원이 패리스랜딩이라는 곳이다.

우리 집에서 자동차로 세 시간 반쯤 걸리는 가까운 곳에 있다. 가는 길도 완전히 시골 길이어서 평화롭고 쉬운 여행길이다. 아침 시간에는 거의 자동차가 없는 길을 혼자서 달릴 수가 있어서 참 좋다. 일 년에 두 번씩 교회에서 이웃도시 교회들과 연합 집회를 하기 때문에 엄마를 모시고 간다. 한 번은 패리스랜딩에서, 또 한번은 그곳보다 더 가까운 거리에 있는 네체스 공원으로 가는데, 네체스 공원도 우리 집에서 두 시간만 가면 되는 가까운 곳에 있다.

지금 15년째 가고 있다. 패리스랜딩에는 큰 호수가 있는데 끝이 보이지 않아서 마치 바다에 온 듯한 착각이 든다. 그 호숫가에 모텔이 있는데 나는 미리 전화 예약을 하면서 3층 방 중에 호수를 향하고 있는 방을 신청한다. 그것은 새벽이 열리면서 호수 끝 편에서 떠오르는 태양을 보기 위해서다. 마치 커다란 불덩이가 떠오르듯 붉고 크고 눈이 부신 해가 서서히 떠오른다.

그리고 물에 비친 태양은 더 아름답다. 그 순간은 정말 말로는 표현할 수 없다. 그저 그것을 만들어 내시고 질서를 유지하시는 하나님을 찬양할 수밖에…. 그곳에서 일출을 보면서 늘 돌아가신 아버지 생각을 한다. 아버지는 '참 아름다워라, 주님의 세계는'과 '시온의 영광이 빛나는 아침'을 그 멋지고 힘찬 목소리로 잘도 부르셨다. 한국에 사실 때는 물론이고 미국에 오셔서 나와 함께 지내실 때도 찬송가를 좋아하셨다. 그리고 교회와 젊은 형제들을 많이 사랑하셨고 잘 돌보셨다.

제임스라는 미국인 의사 형제님은 지금도 아버지와 낚시 갔던 추억을 이야기하면서 아버지를 그리워한다. 아버지는 만사를 긍정적인 시각으로 보셨다. 그중에 가장 기억에 남는 것이 '새벽이 열리기 전'에 대한 말씀이다. 새벽이 열리기 직전이 가장 어둡다고 하셨다. 칠흑 같은 어둠은 바로 밝은 새벽이 열리기 직전이라는 것이다. 폭풍 전야가 가장 고요하다는 말도 있듯이 새벽이 열리기 직전의 어둠은 그렇게 캄캄하다고 하셨다. 내가 힘들고 어려운 일을 겪을 때마다 해주시던 말씀이다.

나는 패리스랜딩에서 일출을 볼 때마다 그 말씀을 떠올리면서 용기를 낸다. 아무리 칠흑 같은 어둠이 나를 덮어도 얼마 후 새벽이 열릴 것이므로…. 한국에서 친구들이 남편들을 대동하고 몰려 왔을 때도 큼직한 자동차를 빌려 타고 일출을 보여 주러 갔다. 동해 일출보다 아름다우니 꼭 가서 봐야 한다고 친구들을 설득했다. 그렇지만 그것은 새까만 거짓말이다. 나는 한국에 살 때 동해 일출을 본 적이 없기 때문이다. 친구들은 별로 좋아하는 것 같지 않았다. 모두들 시큰둥한 표정이었다.

그래도 가자고 하여 친구들을 자동차에 태우고 달려갔는데, 그들은 일출을 보고도 별로 흥분하지 않았다. 너무 초라하다는 얼굴 표정이었다. 하지만 내게 일출 시간은 쉽지 않은 세상, 힘든 인생, 씩씩하게 살아가자고 자신에게 다짐하는 새 출발의 시간이기도 하다. 새벽이 열리는 그 시간은….

일출과 일몰 사이

　　미국에서 오래 살다 보니 결혼식에도 장례식에도 가는 일이 상당히 잦은 편이다. 특히 내가 오랫동안 살고 있는 남부에서는 경조사가 더욱 요란하다. 결혼식은 1년 전쯤 반지를 받은 걸로 약혼이 성립되고 결혼식 준비가 시작된다. 약혼반지를 받자마자 아가씨는 결혼 준비에 들어간다. 주례 목사를 정하고 친한 친구들에게 들러리를 서달라고 부탁한다.

　　웨딩드레스를 입어보고 다이어트를 하는 등 법석을 떤다. 미국식 결혼식은 15분 만에 끝나는 간단하고 짧은 것이지만, 준비는 요란하고 떠들썩하다. 결혼식 날이 가까워지면 신부 샤워라고 하여 친지와 가족들이 한자리에 모여 신부가 새살림 시작할 때 필요한 물건들을 사들고 와서 간단한 파티를 한다.

　　그러나 그날 들어오는 물건들은 미리 신부가 목록을 작성하여 그 파티를 주관하는 사람에게 건네주면 그걸로 각자 선물하고 싶은 것들을 자기 경제 사정에 맞추어 준비하기 때문에 같은 물건이 중복되는 일은 없다. 한국 사람들이 하는 결혼처럼 혼수나 예물은 없고 집을 사주거나 하는 일도 없다. 두 사람이 알아서 월세 아파트에서 새 살림을 시작하거나 약혼 기간이 길면 두 사람이 함께 돈을 모아서 집을 장만하기도 한다.

결혼식 하루 전날에는 신랑 친구들이 신랑을 데리고 나가서 신바람나게 파티하고 노는 총각 파티를 한다. 신랑이 총각으로서 마지막 밤이라 하여 그날 밤만은 신부 측에서도 예비 신랑이 무슨 짓을 해도 눈감아 주는 걸로 되어 있다. 무슨 짓이래야 코가 삐뚤어지도록 술을 먹거나 아가씨들을 불러다가 밤새 노는 것이다. 속칭 엉덩이 만지며 노닥거리도록 허용을 해준다는 것이다. 물론 결혼 후에는 절대 있어서는 안 될 일임을 다짐하면서….

신부는 주로 친정 엄마나 친한 친구들의 도움을 받으며 머리 손질과 화장을 할 뿐 영화배우들이나 유명인들 외에는 신부화장이라는 말은 없다. 신혼여행도 두 사람이 정해 놓은 장소로 가족 외에는 아무도 모르게 떠난다. 미국에 살고 있다고 해서 내가 미국 찬양주의자가 된 것은 아니다. 하지만 미국이 좋다는 생각은 가끔 한다.

그중에 두 가지가 결혼식과 장례식이다. 결혼식에 관해서는 이미 말했고 장례식도 참 보기 좋다. 병원이나 집에서 사람이 죽으면 일단 장의사에서 와서 시신을 옮겨 간다. 흑인들은 대부분 일주일이나 십일장을 하는데 백인들 대부분은 주로 삼일장이다.

죽은 다음날 장의사에서 시신을 잘 꾸미고 옷을 갈아입힌 다음 가족에게 연락하면 장례식을 하기 전날 밤에 장의사로 가족과 친지들이 간다. 고인을 보면서 가족을 위로하고 고인을 기리는 소위 방문이라는 절차를 거친다. 그 분위기가 참 화기애애하다.

직계가족이 약간 울먹이는 경우는 있으나 모두들 한결같은 미소로 고인과의 좋은 추억을 서로 나눈다.

그리고 이튿날 장례식에 가면 장례식장 맨 앞쪽에 관 뚜껑이 열린 채 고인이 누워 있는데, 사람들은 앉기 전에 먼저 관 앞으로 걸어가서 조의를 표하고 마지막 인사를 한 다음 안내인의 안내로 자리에 앉는다. 식장에 들어가는 입구에 장례식 절차가 놓여 있는데, 앞표지에는 고인의 사진이 있고 그 위에는 다음과 같이 인쇄되어 있다.

아무개 씨, 일출 ○○○○년 ○월 ○일, 일몰 ○○○○년 ○월 ○일

출생일과 사망일을 그렇게 적어 놓는다. 한 사람이 이 세상에 태어나는 것이 일출이고 죽는 것이 일몰이라면 예순이란 나이 앞에서 엉거주춤 앉지도 서지도 못하고 있는 나는 어디쯤 온 걸까? 일출과 가까운 것은 절대 아니고 분명히 일몰과 더 가까울진대 일출과 일몰 사이에서 나는 과연 어디로 향하고 있고 무엇을 하고 있는가? 보람이라는 말을 감히 입에 담을 수가 있는가? 일몰 쪽으로 더 기울어 있는 내 삶에서 과연 보람이란 존재하기나 하는 것일까? ….

어디서부터 시작할까요?

　　　　　정말이지 황홀하고 멋있었다. 두 연인이 하얀 눈이 펑펑 쏟아지는 하버드대학 교정에서 눈싸움을 하는 장면은 〈러브스토리〉에서 최고의 장면이 아닌가? 그 영화 참 많은 연인들을 울렸다. 내게는 눈싸움 장면과 함께 가장 인상 깊은 장면이 첫 장면이다. 남자 주인공인 올리버가 두 사람이 함께 눈싸움하던 그 장소에서 "어디서부터 시작할까요? 이 사랑의 이야기를…"이라고 말하는 장면이다. 그 말을 시작으로 백혈병으로 죽은 애인 제니퍼와의 짧은 사랑의 이야기를 회상한다. 집안이 대단한 남자인 올리버는 평범한 집안 출신 여자 제니퍼를 만나 사랑에 빠진다.

　그러나 남자 집안에서 결사반대한다. 심지어는 아들을 평생 보지 않겠다고까지 말하지만, 두 사람의 마음은 변치 않고 사랑하는데 여자가 백혈병으로 죽게 된다. 그 소식을 듣고 부자지간의 연을 끊자고 하면서 그를 보지 않겠다고 하던 아버지가 찾아온다. 그리고 미안하다고 사과한다. 그 장면에서 〈러브스토리〉의 원작자 에릭 시갈이 남긴 말 "사랑은 결코 미안하다는 말을 하지 않는다"라는 말이 나온다.

　지금 우리나라 드라마에서 자주 나오는 사연 같지만, 그 영화가 나올 당시에는 그리 흔한 이야기가 아니었다. 사랑하는 사람이 백혈병으로 죽는다는 사랑의 슬픔, 그것은 오히려 숭고하게 표현되었다. 나는 그 영화를 본 후로 주제가도 아름답다고 생각했지만, 편지 쓸 때나 혹은 어떤 사람에 대해 말할 때 "어디서부터 시작할까요?"라는 말을 자주 사용하고 있다.

누군가를 칭찬할 때, 고마움을 표현할 때 심지어는 일기를 쓸 때도 가끔 그 말을 써먹는다. 예순이라는 나이가 다가오면서 나의 지난날을 되돌아볼 때가 되었다는 생각을 했다. 이제 내가 지금까지 걸어온 길, 내 삶을 서서히 마무리할 시간이 보이면서 나는 그 말이 제일 먼저 떠올랐다.

어디서부터 시작해야 할까? 전라남도 해남에서 태어난 일? 가난하다 못해 찌든 어린 시절? 아니면 동생들이 태어날 때마다 빨리 아가를 보고 싶어서 문 밖에 서서 발을 동동 구르던 일? 사연도 많은 나의 지난날, 정말 어디서부터 시작할까? 어떻게 간추릴까? 생각해 보면 극히 짧은 것 같지만, 길다면 또 긴 세월이기도 하다. 내가 생각하기에 달렸으리라.

그래도 무사히 건강하게 예순이라는 나이 앞에 서 있고 지난날을 간추릴 수 있는 것은 축복일 뿐 아니라 그만큼 정신적으로 성숙했다는 말일 수도 있다. 억지를 부리자면 여유가 아닐까? 아무튼 그때는 원망도 미움도 갈등도 많았는데, 지금은 그 모든 것이 그리움의 일부가 되었다.

어찌된 일일까? 그렇게 지겹던 가난까지도 그리우니 말이다. 자꾸만 그 시절이 행복했다는 생각이 든다. 그때는 그리도 지겹고 슬프고 부잣집 외동딸로 태어나지 못한 내가 밉고 한심했던 시절이었다. 그때만 지나가면 다시는 돌아보지도 생각하지도 않을 것이라고 다짐, 또 다짐하곤 했다. 그런데 이게 웬 일인가? 그때로 돌아가고 싶고 그때 그 가난이, 그리고 그 가난으로 맺어진 많은 이웃들이 그리우니 말이다. 미국인들이 즐겨 부르는 노래 중 "지난날은 아름답다. 지난날은 모두 아름다운 추억이다"라는 가사가 있는데 그 또한 나를 두고 한 말인 듯하다고 말하면 순 억지일까?

서울 찬가

1980년대만 해도 미국에서 살다가 한국에 다니러 갔다 온 사람들은 하나같이 다시는 한국에 가지 않을 거라고 다짐했다. 불평하는 이유는 다 똑같았다. "고속도로변의 화장실이 더럽다. 냄새가 나서 견디기 힘들다. 어디 가나 사람들이 불친절하다. 거기에 외국에서 온 것 같으면 바가지를 씌운다. 새치기가 완전히 일반화되어 있다 등등." 참 말도 많았다.

그러나 1990년대에 접어들면서 우리나라 경제가 급속도로 성장했다. 선진국화 붐이 일어나면서 가장 먼저 변화가 일어난 곳은 학교였다. 초등학교 때부터 영어를 정규과목으로 가르쳤고, 많은 외국인 선생님들이 서울로 몰려들었다. 여러 면에서 남녀노소를 막론하고 우리나라 국민들의 수준이 점점 향상되었다. 길 가는 사람들의 표정까지도 밝아 보였다.

1995년에 한국에 갔을 때 참 많이 놀랐다. 88 올림픽 때 가고 그때 처음 갔는데 완전히 다른 나라에 간 것 같았다. 첫째, 눈에 띄는 것은 도로였다. 도로가 너무나 깨끗하고 사방팔방으로 잘 뚫려 있었다. 외곽도로, 순환도로, 고속도로, 그리고 강변 또한 잘 꾸며져 있었다. 운동기구까지 설치해서 닦아 놓은 강변로에는 수많은 사람들이 조깅하고 자전거 타기를 즐기고 있었다. 참으로 보기 좋은 서울의 모습이었다.

그뿐 아니라 도로변에는 꽃들을 아름답게 가꾸어 놓았다. 좀 서운한 점은 꽃들이 거의 모두 외국 꽃이라는 점이다. 우리나라 산 야생화를 더 많이 심어보면 어떨까? 하는 생각을 했다. 서울은 그 어느 때보다도 생동감이 넘쳤다. 1995년 이후로는 거의 매년, 어떤 해에는 여름에 한 번 겨울에 한 번, 두 번씩 가기도 한다. 갈 때마다 더욱 깨끗해졌고, 이제 냄새나는 화장실은 옛날이야기가 되었다.

그리고 깜짝 놀란 것은 분리수거가 완전히 몸에 배인 우리나라 사람들의 태도다. 분리수거가 부엌에서부터 시작된다는 것은 쓰레기통이 여러 개가 나란히 놓여 있는 걸 보면 확실히 알 수 있다. 색깔이 각각 다른 쓰레기통에 음식찌꺼기, 종이, 플라스틱 등을 철저하게 구별해서 버린다.

그리고 아파트 밖에 있는 쓰레기 수거 장소에도 큼직큼직한 통에 읽기 좋은 굵은 글씨로 종류를 구별해 놓았다. 또 상자들은 따로 모아 놓으면 아저씨나 아주머니 한 사람이 리어카를 끌고 와서 실어간다. 그렇게 분리수거하는 친구들을 보면 정말 내 자신이 부끄럽다.

미국에서는 아직 철저하게 분리수거하는 도시는 드물다. 몇몇 큰 도시에서는 플라스틱이나 신문, 종이상자, 유리병 등을 분리해서 수거해 가지만, 내가 살고 있는 멤피스에는 그런 것이 없다. 한국에서 친구들이 우리 집에 놀러 왔을 때 내가 쓰레기 버리는 걸 보고 너무 어이없다는 표정을 지었다. 내 친구 중 녹수장은 노골적으로 야단을 쳤다. "어떻게 그럴 수가 있냐. 너는 지구에 사는 사람이 아니냐. 무식한 행동이다. 등등 ….."

여기서는 음식찌꺼기, 종이, 플라스틱 등 모든 쓰레기를 한꺼번에 비닐봉지에 넣어 집 앞에 놓아두면 일주일에 한두 번씩 쓰레기 수거 트럭이 와서 가져간다. 그래서 분리수거를 하는 친구들을 보면서 괜히 죄책감이 든다. 미국 언론에서도 한국에서는 분리수거로 모은 음식찌꺼기를 이용하여 연료를 만들어낸다면서 찬사를 아끼지 않는다. 누군가 나서서 계몽 운동을 해서라도 분리수거를 좀 했으면 하는 것이 나의 바람이다.

그리고 서울이 좋아지기 시작한 또 하나의 사건이 하나 있다. 2009년 겨울에 한국에 직접 가서 해결할 일이 있어서 잠깐 서울에 갔을 때의 일이다. 아무에게도 연락하지 않고 인천 공항에 도착해서 버스를 탔는데, 잘못 탄 것이다.

세환이에게 전화를 했더니 잘못 탔으니 내려서 전철을 타라고 했다. 지갑을 보니 오만 원짜리 두 장이 있었다. 전철 승차권 자동판매기 앞에 서서 전화기에 문자를 찍고 있는 남학생에게 다짜고짜 도움을 요청했다.

"학생, 나 승차권 한 장 사줄래요? 내가 사용법을 몰라서요. 한 번도 이런 것을 해본 적이 없거든요."

그 남학생은 선선히 그러겠다고 했다. 내가 건네주는 5만 원 짜리를 보면서 자기도 돈이 하나도 없으니 슈퍼에 가서 잔돈을 바꿔 오라고 했다. 나는 길 건너에 있는 편의점에 가서 잔돈을 바꿔 달라고 했다. 주인아저씨가 물건을 사야 된다기에 물 한 병을 사고 잔돈을 거슬러 받아 들고 그 학생에게 돌아갔다.

그 학생은 나에게 표를 사주고 입구까지 따라와서 어떻게 들어가는지 잘 가르쳐 주었다. 그 사건을 계기로 나는 서울이 좋아지기 시작했고, 서울 사람들도 맘에 들었다. 서울로 이사 가고 싶다는 생각도 순간적으로 했다. 친구 현숙이의 친구들인 노 선생과 길 선생의 근사한 점심 대접을 받았을 때도 서울 사람들이 참 좋다는 생각을 했다.

분위기 만점, 경치 만점의 식당에서 점심을 얻어 먹어서가 아니라 처음 만난 나에게 스스럼없이 친구로 대해 주고 정성껏 대해 주는 마음씨가 더 좋았다. 다음에 한국에 가면 내가 꼭 점심을 사고 싶다. 이런 저런 일을 겪으면서 나는 미국에 돌아와서도 서울 찬가를 부를 만큼 서울에 정이 들어가고 있다.

한풀이

어릴 적에 우리 집은 참 너무 가난했다. 물론 내 세대의 많은 친구들도 그러했지만, 우리 집은 정말 가난했다. 셋방살이를 계속 했고 굶는 날이 먹는 날보다 많았던 시절이 있었다. 어쩌다 운이 좋은 날엔 고구마 한 개를 얻어 먹고 학교에 갔다. 언니 오빠가 학교 다닐 때는 그나마 괜찮았고 나중에 언니가 미국으로 가서 생활비를 매월 보내왔기 때문에 동생들은 부족함 없이 학교에 다녔다. 지금도 그때 교복이 눈에 선하다. 해진이는 자주색, 남진이는 초록색, 깨끗이 차려 입고 까만 구두 신고 학교에 가던 모습이 너무 부러웠다. 한 번도 새 교복은 입어 본 적도 없고 이 사람 저 사람에게서 얻어 입었다. 교복이 없어서 학교에 열흘 이상 못 갈 때도 있었다.

나는 어쩌면 우리 부모의 친딸이 아닐지도 모른다는 생각을 자주 했다. 수학여행은커녕 제대로 된 도시락을 싸들고 소풍 한 번 간 적이 없다. 어쩌다 친구들에게 이끌려 소풍을 따라가면 도시락도 없이 가서 친구들이 준비해 온 김밥을 얻어 먹곤 했다.

고등학교 졸업하기 전 마지막으로 가는 수학여행은 제주도로 정해졌다. 우리는 미리 교과서에 나온 용두암을 보면서 설레었고, 수학여행 갈 날을 기다렸다. 그러나 나는 으레 갈 수 없음을 알았기 때문에 포기 상태에 있었다.

혹시나 하는 마음에 뉴욕에 있는 언니에게 편지를 써 보냈다. 당장 50달러가 내 앞으로 왔다. 그 당시 50달러면 큰돈이었다. 수학여행을 몇 번씩 가고도 남을 돈이었다. 나는 곧바로 광주로 가서 환전을 해왔다. 그 당시 해남에는 외국 돈을 환전할 만한 은행이 없어서 언니가 생활비를 정기적으로 보내 올 때도 매번 광주에 가서 환전해야 했다.

학교에 가서 자랑스럽게 나도 이번엔 수학여행 간다고 말했다. 친구들에게도 우리 언니가 미국에서 돈을 보내 줘서 수학여행 가게 되었다고 자랑을 땅이 꺼지게 해댔다. 그러나 집에 가 보니 여전히 쌀이 없었고 식구들은 굶고 있었다. 엄마는 쌀가게에 외상값이 너무 밀려서 더 이상 쌀을 살 수도 없다고 하셨다. 나는 즉시 쌀가게로 가서 쌀과 보리쌀, 콩 등을 상당히 많이 샀다. 그 누구도 나에게 강요하거나 종용하지 않았다. 차마 굶고 있는 가족을 두고 수학여행 간답시고 가방 메고 뽐내며 집을 나설 수가 없었기 때문에 내가 그렇게 한 것이다.

아무렇지도 않은 척 집에 있는데 수학여행 떠나는 날 아침에 내 친구 유안희가 나를 데리러 온 것이 문제였다. "월호야, 가자." 아, 그때 뒤집어 쓴 담요는 며칠 동안 그대로였다. 엉엉 울다가 끙끙 앓기도 했다. 자진해서 곡식을 샀는데도 왜 그리 억울하고 분했는지 그때 우리 엄마 속이 얼마나 상하셨을까 생각하면 지금도 죄송한 마음 금할 길 없다.

그런데 어느 해 여름, 한국에 갔을 때 우연히 수학여행 이야기가 나왔다. 노래를 애절하고도 구성지게 잘도 불러서 내가 미국식으로 지어 준 별명이 '녹수장'이란 친구의 딸 세정이네 집에서였다. 친구 중에 누군가 "야, 생각 나냐? 우리 제주도 갔을 때 용두암에서 말야" 거기까지 말했는데, 내가 툭 쏘아붙였다. "내가 제주도엘 갔어야 생각나제!"

그 한마디에 갑자기 쥐죽은 듯 조용해졌다. 친구 딸 세정이가 "어머나 이모, 아직 제주도에 못 가보셨어요?"라고 한다. "그래, 내가 제주도에 한이 맺혔다. 한이!"라고 쏘아붙였다. 아무 잘못도 없는 세정이에게 말이다. 그래도 예쁜 세정이는 얼굴 빛 한 번 변하지 않고 이렇게 말했다. "이모, 제가 그 한을 풀어 드릴게요."

나는 그냥 지나가는 말인 줄 알았는데, 2010년 여름에 한국에 가니 세정이와 남편 정 서방은 이미 '한풀이' 계획과 준비를 끝내놓은 상태였다.

제주행 비행기 안에서 만감이 교차했다. 도착 후 비가 쏟아져도 좋았다. 잠 들 수 없어서 새벽에 일어나 오솔길을 닥치는 대로 걸어 다녔다. 제주도, 내가 제주도에 간 것이다. 정말 좋았다. 다들 아직 잠들어 있을 새벽에, 용두암에 두 번씩이나 갔다. 가슴 설레는 한풀이였다.

"세정아, 고맙다. 정 서방, 고마워요."

나그네

"강나루 건너서 밀밭 길을 구름에 달 가듯이 가는 나그네….."

장사익 선생이 우리 가락에 맞추어 구수한 목소리로 부르고 있었다. 뉴욕 고려서적에서 이상곤 선생님이 보내 주신 CD를 들으면서 어떻게 '나그네'라는 시를 우리 가락에 맞추어 부를 생각을 했을까 몹시 궁금했다. CD 자켓에 나와 있는 사진을 보니 흰색 한복 저고리를 입은 모습이었는데, 마치 어린 시절 골목길 구멍가게 아저씨처럼 다정하고 구수해 보이는 얼굴이었다. '행복을 뿌리는 판'이란 음반사 이름부터 맘에 들었다.

"장사익 선생님 계십니까?" 내가 전화를 걸어서 정중히 물었다.

"장사익 씨는 찾아서 뭐하시게유?"

"네, 그분께 꼭 여쭈어 볼 것이 있어서요."

"내가 장사익이여유."

오오, 얼마나 구수한지, 가까이 있었다면 나는 아마 미국식으로 끌어안았거나 우리나라 식으로 큰 절을 올렸을 것이다. 나는 그에게 어떻게 '나그네'에 우리 가락을 붙일 생각을 했느냐고 물었다. 그가 어느 날 지하철을 타기 위해서 기다리고 있는데, 큼직한 형광판에 쓰인 '나그네'라는 시가 눈에 띄었다고 한다. 그래서 그 앞으로 걸어가서 읽고 있는데, '흐흥~ 흥~' 하면서 가락이 저절로 나오고 어깨가 들썩거리더라는 것이다. 그래서 나온 것이 '나그네'라는 곡이다.

인터넷에 들어가 보니 장사익 선생의 행적이 나와 있었다. 그것을 읽으면서 그 사람의 성격, 생활, 배경 등을 대강 알 수 있었다. 참으로 우리 것을 사랑하는 모습이 보기 좋았다. 내가 '나그네'를 좋아하는 데는 또 다른 이유가 있다. 독자들이 큰소리로 웃으시겠지만 나는 '인생은 나그네 길'이란 말을 믿는다. 믿는다는 것은 그 가사와 같은 생각, 또는 같은 의견을 가졌다는 뜻이다.

대중가요 가사들은 종종 우리를 울리기도 하고 웃기기도 한다. 지금에 비하면 아직 젊은 나이라고 할 수 있는 40대 초반에도 나는 나그네라는 생각을 했다. 정착할 곳도 없고 함께 정착하고 싶은 사람도 찾지 못했다. 가끔씩 나와 정착하고 싶다는 사람이 나타나기도 했지만, 나는 가슴 속에서 늘 나그네가 자리잡고 있다는 생각으로 살았다. 나그네가 어찌 정착할 수 있겠는가 말이다. 나그네는 구름과 같은 존재가 아니던가!

어찌 보면 목적지도 없고 그렇다고 딱히 가고 싶은 곳도 없는, 그래서 정처 없는 사람이 바로 나그네다. 그러나 나는 내가 나그네라는 사실이 참 좋다. 언제든지 갈 수 있고, 언제든지 올 수 있는 나그네의 자유를 그 무엇과 바꾼단 말인가. 바람처럼 구름처럼 날아다니는 기분을 어찌 말로나 글로 표현할 수 있을까.

사랑스런 아기 여우 예빈이가 전화를 걸어서 "이모할머니, 또 비행기 타고 날아오세요"라고 말했듯이 비행기를 타고 휙 날아서 그리운 친구들을 보러 한국에도 가고 그 친구들이 오면 캐나다에도 함께 가고, 시애틀에도 가서 게와 새우, 조개 실컷 먹고 웃고 떠든다. 그 또한 나그네가 아니면 누릴 수 없는 자유다. 나는 그 자유를 만끽할 것이다. 그리고 나그네일 수 있음을 감사하면서 내 주위에 많은 나그네들과 더불어 살아갈 것이다.

장사익 님의 '나그네'를 구성지게 부르면서 무릎을 '탁!' 쳐가면서 그 좋은 곡을 써 주신 분께 가끔씩 감사의 전화를 드리고 다음번에 미국 공연 오시면 비행기 타고 휙 날아가서 맨 앞자리에 앉아 십대 소녀들처럼 소리 질러 "오빠~"를 외치고 싶다. 나는 영원한 나그네이고 싶다.

가을날의 꿈

영원히 초록색일 듯이 활활 타던 나무들과 무더위가 어느 날 아침 일어나 보니 떠나고 없었다. 한 치의 어긋남도 없이 가을이 찾아와 뜰을 채우고, 하늘을 맑고 높게 하며 바람결을 한결 부드럽게 해준다. 그리고 그 부드러운 바람은 창문을 통해 들어와 집안을 가득 채운다. 우리네 삶에도 자연의 질서와 아름다움이 자리할 수 있다면 세상살이가 그리 강퍅하지만도 않을 것이고 마음 또한 부드러워질 것이라는 생각을 자주 한다. 계절 탓인지 나이가 들어서인지는 확실하지 않으나 요즈음 들어 부쩍 자연의 모습을 눈여겨보게 되고 그 질서와 색깔을 부러워하고 있다.

소쩍새의 울음도 없이 곱게 피어난 앞뜰의 국화꽃 한 송이를 발견했을 때도 서울에서 보내온 씨앗을 심어 예쁘게 피어난 코스모스의 하늘거림을 보았을 때도 뒤뜰에 떨어져 뒹구는 노란 단풍잎이 방긋방긋 웃을 때도 나는 이 계절, 가을이 얼마나 아름다운 것인가를 거듭 느꼈다.

그리고 그 계절 앞에 선 내가 얼마나 볼품없는 여편네인가를 분명히 보았다. 눈에 띄게 탄력이 없어지는 피부, 그리고 그 위에 덩달아 기승을 부리는 주름살, 아침마다 거울을 보면 늘어나기만

하는 흰머리, 염색과 염색 사이의 기간이 점점 짧아지는 슬픔…. 설마 내가 늙어가는 것은 아닐 거라고 억지를 부려 보기도 한다. 그러나 그때마다 마음속에서 어김없이 들려오는 말 한마디.

"오메~ 뭔 소리여? 너 환갑 노인네여."

가을을 닮고 싶다. 누구의 강요도 없이, 화려한 입장식도 없이 여름 뒤에서 서성이다가 찾아들어 뭇사람에게 사랑을 받고 많은 여인네들에게 생각할 수 있는 여유를 선물하는 그런 가을이고 싶다. 춥지도 덥지도 않은 적당한 기온과 유난히 높고 푸른 하늘, 그 위를 노니는 새털구름 무리들, 그 아래 그리움으로 하늘거리는 코스모스, 또 그 사이를 흐르는 바람줄기들, 하나둘씩 지기 시작하는 곱디고운 색깔의 낙엽들, …. 대상도 뚜렷하지 않은 아련한 그리움 때문에 잠 못 들게 하는 신비덩어리 가을의 모습 그대로를 닮아 보고 싶다.

요즘 들어 서울에서 오는 전화나 편지 내용은 대부분 가을예찬이다. 뒤뜰로 나가 하늘을 본다. 서울에 가고 싶은 충동에 눈물이 흐를 것 같아 눈을 감아 보지만, 그놈의 그리움은 눈덩이처럼 불어난다. 친구들이 고국에도 어김없이 찾아왔다고 전해온 가을, 꿈에 그리는 내 땅, 벗들이 그립다.

영원히 나그네로 살고 싶지만 어느 먼 훗날에는 내 나라로 돌아가고 싶다. 그리고 그 땅에 묻히고 싶다. 늘 품고 사는 그리움이지만 가을이 되면 항상 가슴앓이를 시작한다. 고국 생각, 오랫동안 소식이 끊긴 고향친구들, 학창시절에 가슴 두근거리며 사모하던 총각선생님도 떠올린다.

어디 그뿐인가. 고아원 뒷집에서 세 들어 살 때 담 너머로 쪽지와 들꽃 한 송이를 던지면서 사랑을 고백했던 남학생에 대한 추억, 지금은 이름도 기억할 수 없는 키가 크고 잘 웃던 남학생…. 불현듯 그 시절로 돌아가고 싶다. 이불 밑에 숨어 부모님 몰래 듣던 심야 방송의 DJ, 그 사람의 달콤한 속삭임과 라디오 가게 앞을 서성이며 가사를 외우려고 애쓰며 듣던 대중가요들을 다시 듣고 싶다. 나는 이렇게 가을을 탄다. 낙엽들을 주워 책갈피에 넣었다가 친구들에게 편지 쓸 때 넣어 보내야지.

편지를 아무리 해도 답장이 없는 녹수장, 숙자, 정례, 혜숙, 남편을 오래 전에 잃고 아직 혼자 살고 있는 현숙에게도 예쁜 낙엽 한 개씩 보내 줘야겠다. 그들에게 기쁨이 될지, 슬픔이 될지는 모르지만, 가을을 보내고 싶다. 이 좋은 계절에 취하고 싶은 꿈에 흥건히 젖어 뜰을 서성이고, 밤에는 뒤척이면서 잠을 못 이룬다. 가을날의 꿈은 아마 눈이 내리기 시작하면 사라졌다가 어김없이 내년 가을에 다시 나를 찾겠지.

7

추억의 앨범

시래기죽

　　셋방살이가 계속되던 시절, 한때 고아원 뒷집에서 방 한 칸을 얻어 온 식구가 올망졸망 살고 있었다. 밤에 자다가 화장실에라도 가게 되면 누울 자리를 잃을 정도로 온 식구가 붙어 자야 했다. 주인이 사는 쪽은 방도 크고 마루도 넓었다. 주인 부부의 방 외에도 시어머니가 사는 방도 있었다. 아주머니는 매일 아침, 시장에 콩나물을 팔러 다녔다. 부엌 옆에 창고 같은 데서 콩나물을 길러서 팔았다. 자그마한 체구에 항상 단정했고 부지런한 아주머니였다. 할머니는 앞뜰에 꽃나무를 심어놓고 물 주는 것이 하루 중 주요 일과로서 즐거움이었다.

　　그 할머니가 어느 날 감나무 한 그루를 사다가 심었다. 매일 물을 주면서 그 감나무를 들여다보셨다. 어떤 때는 무슨 보물단지라도 되는 것처럼 다독거리면서 좋아하셨다. 감이 열릴 날만 기다리는 눈치였다. 드디어 그 감나무에 꽃이 피고 감이 딱 한 개가 열렸다. 그 할머니의 기쁨은 말로 표현할 수 없었다. 하루에도 몇 번씩 그 감 한 개를 들여다보면서 히죽히죽 웃기도 했고, 중얼거리시기도 하며 정말 어쩔 줄 몰라 하는 것 같았다.

　　그런데 그 당시 대여섯 살 된 우리 집 막둥이가 그 감을 '똑!' 따버렸다. 학교에서 집에 돌아오니 동생은 울고 있었고, 엄마는 할머니 앞에서 머리를 조아리고 용서를 구하시면서 눈물을 흘리고 계셨다. 할머니는 당장 나가라고 소리를 고래고래 지르고 있었다. 나는 할머니와 엄마 앞으로 달려가서 "나가면 될 거 아니오? 엄마, 왜 빌어? 우리가 이 집구석에서 공짜로 살아요? 지금 당장 이사 가요. 엄마, 지금! 오늘!" 하면서 방으로 뛰어 들어가 담요를 뒤집어썼다. 그것은 나의 유일한 데모 방법이었다.

이사 갈 때까지는 일어나지 않을 거라는 그 지독한 고집을 엄마는 잘 알고 계셨다. 얼마나 마음이 아프셨을까? 내가 담요를 뒤집어 쓸 때마다 얼마나 슬펐을까? 그러나 그때 엄마 생각은 조금도 하지 않았다. 그저 나가라고 소리 지르는 할머니가 미웠고, 손을 싹싹 비비며 용서를 구하는 엄마가 불쌍할 뿐이었다. 그리고 죽고만 싶었다. 그때가 셋방살이 시절 중 가장 어려운 때가 아니었나 싶다.

먹을 것도 거의 없었다. 그때 엄마는 배추 공판장에 가시는 일이 잦았다. 배추 잎을 주워서 좀 나은 것은 김치를 담그고 나머지는 푹 삶아서 시래기를 만들어 보리쌀을 푹푹 삶아서 시래기죽을 쑤어서 식구들에게 먹이셨다. 그래서 우리 가족은 그 시래기죽을 맛있고 배부르게 먹으며 살았다.

주인아주머니는 "저 애들은

시래기죽을 먹으며 셋방살이를 해도 공부를 잘하는데, 너는 왜 그 모양으로 낙제나 하고 멋이나 부리냐"고 아들을 윽박지르곤 했다. 그리고 우리 엄마를 부러워했다. 그런 환경에서도 아이들이 엄마에게 순종하고 공부도 잘한다고 항상 엄마에게 부럽다고 했다. 엄마는 항상 교육을 중요시하셨다. 시래기죽을 먹고라도 학교에는 가야 한다는 주의셨다.

아무튼 내가 담요를 뒤집어쓰고 데모를 하는 바람에 학교에 알려지게 되었고, 학교 친구들이 쌀과 멸치, 돈 등을 거두어 가지고 왔다. 엄마는 "이렇게 고마울 데가…" 하시면서 그것들을 덥석 받으셨다. 나는 벌떡 일어나 "내가 거지냐? 이 나쁜 년들아" 하면서 그 아까운 곡식과 멸치, 돈까지도 모두 들고 나가 시궁창에 버렸다. 그리고 미친개처럼 날뛰면서 엉엉 울기 시작했다. 무엇이었을까? 자존심? 설움? 왜 그리도 슬피 울었을까?

친구들도 부랴부랴 돌아가고 주인댁에서 미안하다고 빌러 오기에 이르렀다.

"일어나서 밥 먹어라. 미안하다. 할머니가 잘못했다. 오래 오래 같이 살자."

감나무 사건이 해결되면서 엄마는 따뜻한 시래기죽을 쑤어서 차려 주셨다. 그때 좀 빌 걸, "엄마, 잘못했어요. 속상하지요?"라고 빌지 않고 나는 그저 아무 말 없이 시래기죽만 퍼먹었다. 나는 정말 얼간이었다. 그 보배 같은 시래기죽, 우리 엄마 사랑이 가득

한 그 시래기죽을 먹으면서도 "고맙습니다. 잘 먹었습니다"라는 말 한마디도 못하고 잘도 퍼 먹던 나는 정말 바보 멍텅구리 딸이었다.

꿈

　　꿈을 꾸었다. 그것도 똑같은 꿈을 자주 꾸었다. 고등학교에 다니던 시절이었다. 먹는 날보다 굶는 날이 훨씬 많던 시절이기도 했다. 엄마는 머리에 화장품 보따리를 이고 섬마을 구석구석 다니시며 장사를 하셨고 엄마가 집에 오실 날, 꽁보리밥이라도 배불리 먹을 수 있는 날을 기다리던 그런 시간들이었다. 그리고 엄마가 돈 대신 받아 오신 보리쌀로 꽁보리밥을 지어서 점심시간이면 학교 앞에 있던 우리 집으로 몰려온 친구들과 퍼먹었다. 반찬은 김치찌개 한 가지였다. 사실 찌개랄 것도 없었다. 그냥 찜통에 김치를 푹푹 삶은 것이었는데, 어쩌다 운이 좋으면 멸치 몇 마리가 헤엄을 치기도 했다. 왜 그렇게 맛있었을까?

　　지금도 우리 친구들은 모이면 그때 그 김치찌개와 쌀 한 톨 섞이지 않은 순 꽁보리밥을 그리워한다. 한국에 갔을 때 해남에 있는 신희에게 들렀더니 "세상에… 왜 그때 쌀 한 되라도 가지고 너희 집에 갈 생각을 못했을까? 너희 집에서 점심 먹으려고 아침을 일부러 굶고 학교에 가면서도 왜 쌀을 갖다 줄 생각은 못했을까?" 하면서 후회했다. 그리고 친구 녹수장은 그 맛을 아무리 내려고 해도 절대 안 된다고 안타까워했다. 내가 꿈을 꾼 건 바로 그 시절이었다.

배가 너무 고파 잠을 설치고 살면서도 보리밥과 찌개가 생기면 친구들과 실컷 먹고 즐거워하던 그 가난했던 시절에 이런 꿈을 꾸었다. 너무 넓어서 끝이 보이지 않는 허허벌판에 벼가 누렇게 익어서 풍년임이 틀림없는 풍경, 끝이 없는 쌀밭(?)이었다. 입을 떡 벌리고 바라보다가 돌아서면 반드시 그 자리엔 큼직한 팻말이 서 있었는데, 그 팻말에는 매번 똑같이 '조월호 것'이라고 씌어 있었다.

생각할수록 유치한 꿈같지만 그때는 심각했고 가슴이 두근거렸다. 그리고 조금은 슬펐다. 정례 집이나 숙자네 집에 가서 김이 모락모락 나는 쌀밥과 열무김치를 실컷 얻어먹고 오는 날에는 반드시 그 꿈을 꾸었다. 그리고 습관처럼 기도했다. 나는 신앙이 썩 좋지도 않았고 그렇다고 하나님께 매달려서 모든 문제를 해결하는 그런 사람도 아니었다.

그런데 그 꿈을 꾸면 꼭 기도가 나왔다. 얼른 커서 어른이 되어 땅이 많은 부잣집 장남에게 시집가게 해주시면 손아랫사람들 쌀밥을 실컷 먹이고, 아이들도 열두 명쯤 낳아서 쌀밥도 김밥도 실컷 먹이면서 살게 해달라고 간절히 기도했다. 내 꿈처럼 '조월호 것'이라고 쓰인 팻말을 세워 놓고 살고 싶었다. 꿈이 아닌 현실에서 말이다.

이제 그 꿈 안 꾼 지가 참 오래 됐다. 마치 까마득한 옛이야기처럼 멀기만 하다. 이제 보리밥은 가끔 맛으로 먹고 어떤 상표의

쌀이 맛있나 고르러 다니게 되었다. 그런데도 그 시절이 그립다.
가난도, 꽁보리밥도, 친구들도, 그 학교 앞 셋집도 모두 그립다.
그리고 그 꿈 속, 허허벌판 누렇게 익은 벼와 내 이름이 선명하게
적힌 그 팻말도 그립다.

　　“야, 임마. 이거 공짜로 주는 거 아니다. 일해서 갚아. 네가 돈이 있을 리 만무하고…. 일을 시켜야지.”

　　나에게 연필이며 공책 등 학용품을 몽땅 안겨 주면서 지금은 고인이 되신 국어선생님인 김양무 선생님이 하신 말씀이다. 학용품이 없어서 빈손으로 학교에 다닌다는 걸 어찌 아셨는지 가난에 찌든 학생의 유일한 재산인 자존심까지 챙겨 주시느라 얼마나 고민하셨을까?

　　지금도 그분을 생각하면 고맙다. 오래오래 잊을 수 없는 분이다. 공짜로 줄 수 없으나 내가 돈이 없으니 그냥 우선 받아서 사용하되 선생님의 하숙방을 매일 깨끗이 청소해야 한다는 조건이었다. 방바닥이나 책상에 먼지가 조금이라도 있으면 앞으로는 학용품을 절대 안 줄 거라며 으름장을 놓으셨다.

　　선생님의 하숙방은 아주 가까웠다. 그때 우리가 세 들어 살던 집이 학교 바로 앞이었는데 선생님의 하숙집은 우리 집 바로 뒤에 있어서 걸어가도 5분이면 족했다. 선생님의 방은 참 작고 초라하기까지 했으나 깔끔하게 정리정돈이 되어 있었다.

　　그러나 이불에서는 무슨 쾌쾌한 냄새가 나서 바깥에 가지고 나가 햇볕에 몇 시간씩 말리기도 했다. 행주보다 더 깨끗한 선생님의 걸레는 하얀색이었다. 메리야스 비슷한 천이었다. 그 작은 방은 선생님의 깔끔한 성격이 그대로 전시되어 있는 듯했다.

앉은뱅이책상 밑에 소형 전축이 하나 있었다. 그 위에 지금 젊은이들은 구경도 못했을 LP 음반이 놓여 있었다. 그 곁에 음반 껍질이 있었는데 〈White House〉라는 제목이 눈에 띄었다. 미국에서 나온 것이 분명했다. 그것을 켜니 영원히 나의 18번이 된 그 노래가 흘러 나왔다. 그 노래를 배우기 위해 청소는 뒷전으로 미루고 방바닥에 엎드려 가사를 받아 적고 따라 부르기 시작했다.

이건 독서 삼매경이 아니라 실성 삼매경이었다. 마치 실성한 사람처럼 수십 번 반복해서 듣고 완전히 외워서 내 노래를 만든 것까지는 좋았는데 … 사단이 났다. 하도 여러 번 같은 곳을 계속 돌려서 음반이 갈라진 것이다. 찌익~찍찍~. 무슨 쥐새끼 소리가 들렸다. 겁이 나고 무서워서 그대로 두고 도망치듯 방을 나왔다.

그날 밤 한숨도 못 잤다. 뭐라고 변명해야 하나. 몇 번 듣지도 않았는데 음반이 불량품이라고 우기면 선생님이 믿어 주실까? 별의별 생각이 들어 엎치락뒤치락 밤을 꼬박 새웠다. 이튿날 선생님은 어김없이 나를 교무실로 부르셨다. 그리고 선생님 특유의 "야, 임마!" 시리즈가 쏟아지기 시작했다. 결국 그 음반을 버린 죄의 대가로 하숙방 청소는 6개월이나 연장되었다. 억울하다. 너무하다. 3개월로 줄여 달라고 별의별 구호를 다 외쳤으나 선생님은 6개월로 못을 박으셨다.

그래도 '하얀집'은 확실히 배워서 그 후로 언제 어디서나 노래를 부르라고 하지 않으면 "나 노래 부르고 싶어" 하면서 스스로 나서서 어김없이 〈White House〉를 불렀다. 2010년에 최해숙 사모님 댁에 함께 간 성숙 언니도 내가 노래 부르겠다고 하도 설치니까 〈White House〉 부를라고?" 했을 정도다. 그렇게 내 주위 사람들에게 하도 불러 대서 잘들 알고 있었다.

"그 마을에 하얀 집이 있었지요. 아주 오래 되고 쓰러져 가는 작은 집이었어요. 그러나 나에겐 추억이 있기에 내 마음속에 다시 그 집을 지을 수가 있어요. 그 집엔 따뜻한 난로, 의자, 그리고 꿈이 있었어요. 내가 열여섯인가 열일곱 살이었을까요? 세월이 흐르면서 내 기억도 흐려지는군요. 왜 쟈니는 떠났을까요? 어디로 갔을까요? 나의 지난날들은 어디로 갔을까요? 그런데 그 집을 버리고 떠나와야 했을 땐 너무 슬펐어요. 그때 나의 벗들은 지금 어디서 무엇을 할까요? 추억으로 다시 하얀 집을 짓겠어요. 내 맘속에, 내 기억 속에 하얀 집을요. 그 하얀 집을요."

사월이 가면

　　1994년 12월에 돌아가신 우리 아버지, 참 멋쟁이셨다. 때로는 그 멋쟁이 부분이 우리 엄마를 힘드시게 했고, 퍽이나 슬프게도 했다. 하지만 지금도 아버지가 바이올린을 켜시던 멋진 모습이 눈에 선하다. 할아버지께서도 바이올린을 하셨는데 손자들 중 한 사람에게 물려 주시려고 누군가를 한 사람 택해서 가르쳐야겠다고 벼르시더니 하필이면 나를 뽑으셨다. "등을 반드시 펴고 서서 연주해야 한다. 자세부터 배워라." 잔소리를 하시며 회초리로 등을 때리셨다.

　　나는 결국 그게 싫어서 한 달 만에 때려 치웠다. 정말 후회막심이다. '그때 배워 두었더라면 얼마나 좋았을까' 하는 생각이 든다. 아무튼 우리 아버지는 우리들을 차례로 세워 놓고 두 손을 모아 쥐고 "꽃잎은 하염없이…" "기러기 울어 예는…"을 아버지의 바이올린 연주에 맞추어 부르게 하셨다. 그 또한 고역이었다.

　　나는 대중가요를 부르고 싶었다. 그런데 아버지는 그런 말을 할 때마다 노발대발하시면서 대중가요는 음악이 아니니 듣지도 말고 부르지도 말라고 하셨다. 그래도 대중가요가 듣고 싶어서 라디오 가게 앞을 서성이며 들었다. 어쩌다 내가 좋아하는 가수가 노래를 할라치면 아예 가게 앞에 쪼그리고 앉아 노래를 듣곤 했다. 집에 라디오가 한 대 있긴 있었다. 하지만 대중가요를 듣는 것이 죄악시되어 있었으니 집에서 대중가요를 듣는 일은 포기할 수밖에 없었다.

그 무렵 영화배우 문희 씨가 처음 미니스커트를 입고 출연해서 상당한 화제가 되었던 〈사월이 가면〉이란 영화가 있었다. 프랑스의 어떤 귀족 집으로 입양된 한국 여자아이가 성장하여 집안에서 정해 준 상대와 결혼을 앞두고 모국을 방문하기 위해서 김포공항을 통해 귀국하는 것이 영화의 시작이다.

그 여주인공(문희 분)의 다리와 짧은 치마만 크나큰 화면에 비쳤다. 유난히 바람이 부는데 화면에는 또각또각 하이힐을 신고 걸어가는 모습에 이어 여인이 쓰고 있던 베레모가 바람에 날려 굴러간다. 그리고 한 남자의 다리와 손이 나오면서 그 모자를 집어 들고 여인에게 걸어가면서 영화가 진행된다. 물론 그 다음 이야기는 세 살 먹은 아이도 알 것 같아서 하지 않기로 한다.

〈로마의 휴일〉에서 오드리햅번과 그래고리팩의 관계와 비슷한 관계의 주인공들이었다. 학교에서는 배가 아프다고 거짓말하고 〈사월이 가면〉을 보러 갔다. 학교 끝나고 밤에 가면 교련 선생님이 극장 앞을 지키고 있어서 영화 구경은 어림없는 일이었다. 물론 교육적(?)인 영화를 학교에서 단체 관람하는 경우도 있으나 그건 정말 재미없는 영화다. 그래서 나는 보고 싶은 영화가 있으면 늘 배가 아프거나 집에 무슨 일이 있다고 둘러댔다.

〈벤허〉〈쿼바디스〉〈십계〉 등의 영화들은 모두 그런 식으로 봤다. 아무튼 〈사월이 가면〉이라는 영화의 마지막 부분에서 가수 패티김씨가 부르는 주제가가 흐르기 시작했다.

"눈을 감으면 보이는 얼굴, 잠이 들면 꿈속의 사람, 사월이 가면 떠나갈 사람, 오월이 오면 울어야 할 사람, 사랑이라면 너무 무정해 사랑한다면 가지를 말아. 날이 갈수록 깊이 정들고 헤어보면 애절도 해라. 사랑이라면…."

그때 나는 그 노래를 배우기 위해 연거푸 영화를 세 번씩이나 본 후 〈사월이 가면〉은 〈White House〉와 함께 내 노래가 되었다. 노래할 기회만 있으면 시키지 않아도 "노래 부르고 싶은데, 두 곡 부르면 안 되나요? 한 곡은 영어로, 한 곡은 한국말로 부를게요"라고 자원한 뒤 억지를 써서 노래를 부른다. 마치 가수나 되는 것처럼 폼도 있는 대로 잡고 인상 팍 쓰면서 꽥꽥 소릴 높여 노래를 부른다. 내 친구들은 지겹기도 할 것이다. 노래만 부르면 〈White House〉와 〈사월이 가면〉이니…. 하지만 친구들아, 어쩌겠니? 앞으로도 계속 그 노래들을 부를 건데….

아버지를 그리며

　　　　　나는 지금껏 살아오면서 예쁘다는 말을 들어 본 적이 없다. 사실 나의 생김새를 보면 예쁘다는 말과 얼마나 거리가 먼지 알 수 있다. 그러나 미국에 오니까 모두들 인형처럼 예쁘다느니, 미스 코리아라는 둥 정말 혼란스러운(?) 말들을 했다.

　　그 점에 대해 상당한 시간을 소비하면서 연구해 봤다. 어느 정도 신빙성이 있어야 그냥 웃어넘기지 이건 정말 연구 대상이었다. 내 체구가 미국 여자들에 비해 훨씬 작을 뿐더러 잘 웃고 틈만 나면 자기네들과 짹짹거리면서 놀아 주니까 아마 그게 신기해서 그리들 말한 것 같았다.

　　그러나 나는 소크라테스를 존경하는 많은 사람들 중에 한 사람으로서 나 자신을 잘 알고 있다. 정도 문제지, 어떻게 내가 미스코리아라는 말에 동의하겠는가 말이다. 내가 꾸역꾸역 이 말을 하는 것은 사는 동안 한 번도 예쁘다는 말을 들어보지 못했다고 앞서 말한 것이 거짓말이었음을 알리기 위해서다.

　　아무튼 다시 해남에서 보낸 어린 시절로 돌아가자. 아버지께서는 출장을 자주 가셨다. 주로 서울, 부산, 광주 등 큰 도시로 가셨는데 서울에 가장 자주 가셨다. 항상 못난이, 선머슴 등 별의별 별명을 얻어 듣고 다니며 웃음거리가 되는 둘째딸에 대해 안타까운 생각을 하셨던지 출장만 다녀오시면 나를 부르셨다. "호박아, 아부지한테 와라." 어릴 때 못 생겼을 뿐만 아니라 뚱뚱하기까지 했기 때문에 집안 식구들이나 친척들에게 호박으로 통했다. 특히 아버지는 호박이라는 나의 별명을 즐겨 부르셨다.

그러나 아버지가 말씀하시는 호박은 뚱뚱하고 못 생긴 호박이 아니라 보석 호박이라고 나를 달래 주곤 하셨다. 그리고 가끔은 놀리기도 하셨다. "호박은 호박이제!" 나를 불러 무릎에 앉히시면 우선 내 볼에 뽀뽀도 하시고 코코코코~ 하시면서 유난히 큰아버지 코로 내 코를 문질러 대신다. 그리고 언제나처럼 똑같은 시나리오가 나온다.

"호박아, 서울에 가면 명동이라는 데가 있는데 예쁜 여자들은 거기로 다 모인단다. 그래서 가 봤더니 '와~' 참말로 예쁜 여자들이 줄을 섰더라. 그런데 말이다. 눈을 씻고 찾아 봐도 우리 호박만큼 예쁜 여자는 없더라. 그것뿐인 줄 아냐? 쭉쭉 뻗은 각선미에 미니스커트를 입어서 참 멋지더라.

그래서 내가 강아지처럼 졸졸 따라가면서 봐도 우리 호박다리처럼 우유 빛 나는 뽀얀 다리는 없어야. 암, 없고 말고. 우리 호박다리는 얼마나 통통하고 예쁜데 그것들 아무리 멋져도 장작개비여. 우리 호박다리에 비하면 장작개비지, 암~."

아버지는 다리가 유난히 굵어서 항상 긴 바지만 입고 부끄럽게 생각하는 나를 그렇게 멋지게 위로해 주셨다. 하도 똑같은 말씀을 출장 다녀오실 때마다 하셨기 때문에 어느새 나는 그 말을 믿게 되었다. 그리고 가끔 거울 앞에 서서 나는 정말 예쁘고 다리도 우유처럼 희고 예쁘다고 믿게 되었다.

그러면서 나는 자신감이 생겨 매사에 당당했다. 혼자가 된 후, 그리고 환갑인 지금까지도 아버지의 그 말씀을 생각하면서 빙그레 웃곤 한다. 그 어이없는 거짓말이 그립고, 아버지가 그립다. 아버지는 우리 집에서 사시다가 뇌출혈로 쓰러지신 지 한 달 만에 75세의 젊은 연세에 돌아가셨다.

마지막 2년간은 정신도 그리 맑지 않으셨다. 가끔 별의별 억지를 쓰시기도 했지만, 자식사랑, 특히 딸 사랑은 대단했다. 젊은 시절에는 권력과 타협하지 못해 아내와 자식들을 참 많이도 굶기셨다. 하지만 그 또한 지금 생각하면 존경스럽고 자랑스럽다.

결코 비굴하지 않고 당당하게 자존심을 내세우셨던 아버지, 그리도 못 생긴 둘째딸에게 "예쁘다, 예쁘다" 하시더니 결국 그 못난 딸이 "우리 아버지가 명동에 가서 눈 씻고 찾아봐도 나보다 예쁜 여자가 없다고 하셨지"라고 중얼거리며 정말 자신이 예쁘다고 생각할 때까지 세뇌교육(?)을 해주신 우리 아버지. 저녁 8시다. 우리 아버지 차 한 잔 드실 시간이구나.

우리 집 며느리들

　　　　　말도 많은 우리 오빠였다. 직장에 들어가도 얼마 못 간다. 좀 멋지게 표현하자면 세상과 타협할 줄 몰랐던 아버지의 복사판이다. 자기 생각이 무조건 옳다고 생각하면서 밀고 나갔다. 군대에 가서도 줄줄이 사고를 쳤다. 모두가 타협할 줄 모르는 그놈의 성격 때문이다. 그런 오빠가 결혼을 하긴 했는데, 미국행 비자를 받아 놓은 상태였다. 출국 직전에 임신한 아내에게 한마디를 던졌다. "아들 낳으면 햇님이, 딸 낳으면 달님이라고 이름 지어요." 그 후 올케 언니도 미국에 왔고 수년이 지났다. 우리 집 큰며느리인 올케언니가 내게 그때 상황에 대해서 고백했다.

　　"아가씨, 사실 그때 나 간절히 기도했어요. 딸 낳게 해달라고요. 세상에, 어떻게 사내아이를 햇님이라고 부르겠어요? 부모님께는 죄송하지만 딸을 낳아야겠더라고요."

　　그 기도가 응답되었는지 올케는 첫딸을 낳았다. 달님이, 내 조카 달님이가 우리 가족에 더해졌다. 사실 우리 올케는 내가 먼저 만났다. 인연이 되려고 그랬던지 올케의 친정언니가 내 결혼식장에서 우리 오빠를 보고 내게 말을 걸어왔다.

　　우리 오빠 내세울 것 없는 순 건달이라고도 말했다. 그러나 올케가 우리 집 큰며느리가 되려고 그랬는지 그 결혼이 순식간에 그리고 전혀 거리낌 없이 잘도 진행되었다. 올케는 미국에 가는 걸 별로 달갑지 않아 했고, 한국에서 그냥 살자고 오빠에게 물어보기도 했다. 하지만 이미 온 가족이 미국에서 정착할 계획을 세운 상태였다.

그래서 그냥 따라갈 수밖에 없었던 우리 올케언니는 불평 한마디 없는 무던한 여자다. 오빠의 그 성격 다 받아 주고 묵묵히 잘도 참고 산다. 달님이와 아들 성구를 끔찍이 사랑하면서도 겉으로 표현할 줄도 모르는 전형적인 한국여자다. 1년 365일 일만 하고 아무리 돈을 벌어도 가난한 시댁에서는 시시때때로 돈 들어갈 일만 생기는데도 그저 묵묵히 일만 하고 이것을 당연하게 여긴다. 타고 난 큰며느리 우리 언니, 내가 항상 미안하고 고맙기만 한 참 예쁜 여인이다.

미안하고 고맙기로 치자면 우리 집 작은 며느리인 동욱이 댁 이정애도 만만치 않다. 키도 훤칠하게 크고 예쁘고 재주도 많다. 그런 사람이 어쩌다가 그토록 가난한 우리 집으로 시집을 왔을까. 그래도 지아비를 빼닮은 아들 둘을 낳아 키우면서 참 고생도 많이 했다. 가난한 집 아들인 것도 모자라 성격 또한 못 말리는 고지식한 사람인데도 잘 견뎌 준 착한 우리 동생 댁, 그녀가 그린 그 집 작은아들 기훈이의 초상화는 정말 소름이 끼칠 만큼 생생하다. 금방이라도 기훈이가 그림 속에서 걸어 나와 "고모, 오셨어요?" 그럴 것 같다.

재주꾼인 우리 집 미인 작은며느리, 늘 고맙고 미안하다. 하나님이 천당 다음에 만들었다는 아름다운 캘리포니아에서 오랫동안 살다가 남편 직장 때문에 인구 5만여 명의 캔사스 주의 조그만 학교도시 맨하탄으로 이사를 가게 되었는데도 군말 없이 따라가서 잘 살고 있다. 집도 절도 없어 침실 두 개짜리 셋집에 살면서도 교회 봉사를 잘한다. 비실비실 몸살을 앓아가면서….

우리 집에는 또 다른 며느리들이 있다. 우리에게는 배다른 남동생이 둘 있는데, 한 동생은 결혼해서 아들 둘을 낳아 키우면서 광주에서 살고 있다. 그 동생 댁은 나도 두 번 본 적이 있다. 동생과 성격이 정반대다. 애교도 수다도 적당해서 좋아 보였다.

다른 동생은 결혼해서 남매를 낳고 살다가 혼자 뉴욕에 와서 고생이 많다고 들었다. 그래도 기특한 것은 꼭 전화로라도 엄마 안부를 챙긴다는 것이다. "어머니, 어머니" 하면서 전화한다. 참 고마운데 한국에 두고 온 자기 아내와는 이혼한 상태여서 이제 우리 집 며느리는 아니라는 생각하니 씁쓸하다. 싹싹하고 예뻤는데 우리 집과는 인연이 아니지 싶다.

나는 항상 우리 집 며느리들이 참 잘 들어왔다는 마음을 가지고 있다. 그 누구네 집 며느리들과도 비교하고 싶지 않고, 비교해서도 안 되는 소중한 가족의 일원들이다.

미국 이모할머니

“미국 이모할머니, 우리는 아침인데 이모할머니가 사는 곳은 저녁이에요?”

“그래, 여긴 저녁이다. 미국 이모할머니 잠자려고 누워 있다.”

“그럼 우리가 저녁이면 거긴 아침이에요?”

“그래, 와 똑똑하다. 그런 걸 다 알고….”

“미국 이모할머니, 열 밤만 자면 예빈이 보러 와요?”

“그래, 열 밤씩 열 번쯤 자면 갈게.”

이것은 우리 여우 예빈이와 전화통화의 일부다. 예빈이는 친구 녹수장의 딸 세정이의 두 딸 중 큰 아이다. 그 아이 임신 중에 세정이네 집에 갔었고, 태어났을 때 병원으로 보러 갔다. 그리고 돌잔치에도 갔다. 용케도 한국에 갈 때마다 날짜가 맞아 떨어졌다.

그래서 그런지 그 아이는 참 특별한 정이 간다. 그리고 아이가 나를 미국 이모할머니라고 불러주는 것이 그렇게 좋을 수가 없다. 녹수장은 예빈이 동생 유빈이가 더 예쁘다고 하는데, 유빈이도 예쁘지만, 여전히 특별한 정은 예빈이가 더 크다. 돌 잔치할 때도 해프닝이 있었다. 아이가 피곤해서인지 사진을 찍으려고 하

면 어찌나 울어대는지 사진사 아가씨가 애를 먹고 있었다.

그런데 이 아이가 나만 보면 웃는 바람에 사진사가 예빈이 사진만 찍으려면 "이모님 오세요" 하며 나를 불렀다. 친구들은 으쓱대는 나를 보면서 "네가 오죽이나 우습게 생겼으면 아기가 너만 보면 웃겠냐? 각성해라, 각성. 부끄러운 줄 알아라" 하면서 핀잔을 줬다.

예빈이 유빈이뿐 아니다. 나를 할머니라고 불러 줄 아이들이 연속으로 태어나고 있다. 친구들이 연거푸 손주를 보고 있다. 경순이, 혜숙이까지 덩달아 할머니가 되고 있으니 나는 덩달아 이모할머니가 되고 있다. 최근에는 우리 형아까지 그 대열에 끼었다. 녀석이 언제 그렇게 커서 결혼하고 영국으로 가더니 직장도 잡고 준석이를 턱 하니 낳았다. 형아와 쏙 빼닮은 복사판이다.

나는 게으름이 극치에 이른 사람이라서 컴퓨터를 꼭 필요한 때 아니면 잘 켜지 않는데, 그 녀석 동영상 올려놓은 것 보려고 자주 컴퓨터를 켠다. 무럭무럭 잘 자라고 있는 준석이 녀석이 말하기 시작하면 나를 미국 이모할머니라고 부르겠지? 생각할수록 기분 좋다. 가슴이 뿌듯하다. 오래오래 미국 이모할머니로서 꼬맹이들을 많이 사랑하면서 살아야지.

내가 살아야 할 이유, 진주에게
진주의 생모, 유숙자 님께
가장 오래 된 새 친구, 이인자 님께
예쁜 여우 예빈아, 유빈아
미국 이모할머니 부대 막내, 준석이
든든한 내 친구, 영동이
정아의 결혼반지
해남부대 용사들
내 쌍둥이 동생 동일이, 동복이

8

사랑의 편지

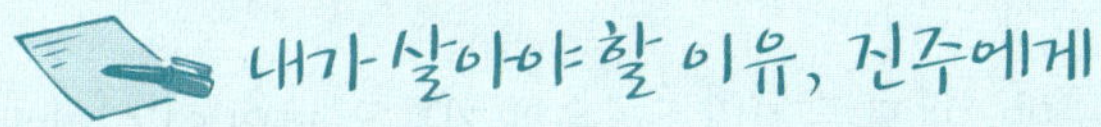

진주야, 너의 이름을 떠올리면 가슴이 싸아 하면서도 파도 소리가 들리고 네 사진 속에서 웃는 얼굴을 보면 애틋함을 어찌할 수 없어 눈물이 흐른다. 네가 이 세상에 태어난 지 3일 만에 엄마는 너를 처음 만났다. 조산아라는 이유로, 미숙아라는 이유로, 인큐베이터, 그 좁은 공간에 갇혀 힘든 숨을 쉬고 있던 너는 날 반겨 주었지. 있는 힘을 다해 작은 손가락 하나를 움직이고 생후 처음으로 눈을 떠서 내가 들어선 조산아실 문 쪽을 바라보더구나.

마치 "엄마, 왜 이제 오셨어요? 내가 우리 엄마 많이 기다렸는데…"라고 말하는 것처럼. 나는 그때 하늘과 땅, 아니 우주에 다짐을 했다. 이 조그만 아이에게 내 전부를 주겠다고…. 그리고 널 낳아 주신 어머니께 약속했단다. 최선을 다하고 목숨이라도 바쳐 사랑하겠노라고, 좋은 엄마가 될 것이라고 말이다.

너를 돌보고 사랑한 35년은 내 생애에 가장 기쁘고 행복한 시간들이었다. 그 작은 손으로 피아노를 치고, 키가 작아 큼직한 북을 놓고 그 위에 서서 지휘해야 하면서도 행진 악단을 멋지게 리드하던 내 자랑스러운 딸, 학교에 가끔 갈라치면 "아, 글씨 잘 쓰는 동양 아이엄마시군요" 하고 선생님들이 인사를 건네면 엄마가 얼마나 으쓱했는지….

그러나 진주야, 이 모든 자랑스러움과 기쁨은 너의 이 어미에 대한 사랑에 비하면 먼지에 불과해. 너는 아마 기억하지 못할 거야. 생일이나 어머니날에 네가 보내 준 그 많은 카드들 중에 지금도 내가 일하는 가게에서 재봉틀 옆에 두고 항상 읽어 보는 카드 한 장이 있단다.

"엄마, 당신은 나에게 달을 따다 주셨습니다. 나를 위해 당신의 모든 것을 망설임 없이 주셨습니다. 당신은 나에게 꿈을 주셨습니다. 감사하는 방법도 가르쳐 주셨습니다. 용기도 주셨고 정말 많은 것을 주셨습니다.

그러나 당신이 주신 모든 것들 중 가장 큰 것은 내게 주신 그 끝없는 사랑, 조건 없는 사랑입니다. 무조건 주시기만 하는 엄마의 사랑으로 인해 저도 사랑할 수 있게 되었습니다. 엄마, 당신은 나의 엄마이자 가장 친한 친구입니다. 감사합니다. 사랑합니다."

당신의 딸임이 자랑스러운 진주 올림

나의 예쁜 아가씨, 너에게 또 한 가지 고맙게 생각하는 것이 있는데, 그것은 할머니에 대한 너의 예쁜 사랑이다. 언젠가 해진 이모가 말한 적이 있지. "우리 식구 통틀어서 우리 엄마한테 제일 극진한 사람은 진주다"라고 말이다. 나는 그것이 결코 의무감

에서 나오는 어떤 행위가 아니라는 것을 잘 안다. 대학에 다닐 때 방학 기간 동안 집에 있다가 돌아가면서 할머니를 부둥켜안고, 대성통곡하는 널 안아 주시며 "아이고 내 새끼 그만 울어. 몇 달 후에 또 올 거잖아?" 하시면서 눈물을 훔치시곤 하셨지.

　너의 생모를 처음 만났을 때 그분은 나에게 혹시 아이를 할머니가 키우셨냐고 묻더구나. 네가 계속 할머니 자랑을 한다는 거야. 그리고 너에게 한복을 사주겠다고 하니까 우리 할머니 것 먼저 사 달라고 했다면서? 안팎으로 예쁜 딸, 사랑으로 똘똘 뭉친 내 딸 진주, 하늘만큼 땅만큼, 바다만큼 사랑한다. 내 새끼!

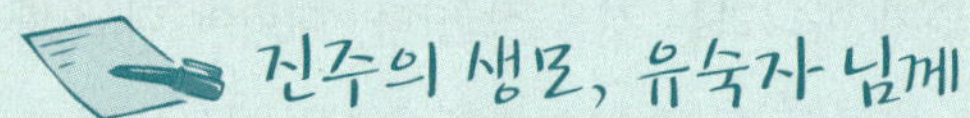

진주의 생모, 유숙자 님께

　　당신은 아십니까? 짐작이라도 하십니까? 나의 당신께 대한 고마움의 크기를 말입니다. 여자는 해산할 때 목숨을 잃을 각오를 한다지요? 당신이 목숨 걸고 겪으셨을 해산의 고통을 제가 살아 있는 동안 기억할 것입니다. 저는 젊은 시절에 아이를 가질 수 없음을 알았답니다.

　　그때는 배가 남산만큼 부른 여자를 보면 뒤따라가곤 했지요. 아이를 가진 여자는 어디서 어떻게 살까 하구요. 그리고 집에 가서 베개를 옷 속에 넣고 "내가 만약 아이를 가질 수 있다면 어떤 모습일까?" 상상도 했답니다. 정말 꼴불견이더군요. '아, 그래서 신은 나에게 아이를 갖지 못하게 하셨구나' 하고 이해했어요.

　　그래도 저는 딸아이를 허락해 달라고 간절히 기도했답니다. 기도를 시작한 지 3년이 다 되어 갈 무렵 진주 어머니께서 오산기독병원에서 우리 진주를 낳으셨습니다. 사연이나 과정은 생각하지도 묻지도 않겠습니다. 운명을 놓고, 정해진 길을 놓고 왈가왈부하지 않을 겁니다. 그저 감사할 뿐입니다.

　　진주는 저에게 살아가는 이유, 그 자체일진대 진주를 낳아 주신 진주 어머니께 삼가 큰 절을 올립니다. 지금도 새벽기도하실 때마다 진주 짝을 보내 주시라고 기도하시지요. 언젠가는 딸을 달라던 나의 기도에 응답하셨듯이 진주 어머니의 기도도 들어주실 것입니다. 부디 오래 오래 건강하소서!

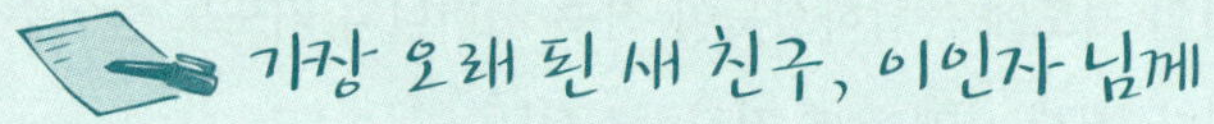# 가장 오래 된 새 친구, 이인자 님께

지독히도 더운 여름이었습니다. 거기에 장마까지 겹쳤지요. 그 후덥지근함은 짜증스럽기까지 했습니다. 그때는 제가 2주일 예정으로 서울에 머물고 있을 때였습니다. 친구 녹수장이 한식 요리를 배우기 위해 접수해 두었다고 했습니다. 개강일은 제가 한국을 떠나 미국으로 돌아가기 날 하루 전이었습니다. 같이 가자고 어찌나 졸라대던지 하는 수 없이 따라갔습니다. 아니, 끌려갔습니다.

도봉구 여성회관은 참 깨끗하고 생기가 돌았습니다. 친구에게 이 방 저 방으로 끌려 다니다가 한 강당으로 들어갔습니다. 그곳에는 많은 여자들이 앉아서 잡담하고 있었습니다. 그러다가 어느 한순간 갑자기 조용해졌습니다. 문 쪽을 보니 키가 자그만 하고 화장기 없는 평범한 얼굴에 이웃집 아주머니 같은 다정한 웃음을 띤 한 여인이 들어서더니 강당 앞쪽에 있는 연단으로 가서 말하기 시작했습니다.

어… 음… 아… 등의 머뭇거림이나 더듬거림이 없었습니다. 우리 사회에서 여성의 위치, 무엇이든지 끊임없이 새로운 것을 추구하라고 하면서 도봉구 여성회관에서 누릴 수 있는 여러 가지 혜택들을 소개했습니다. 저는 그 여인, 이인자 님 당신에게서 힐러리 클린턴을 보았습니다. 당신에게서는 힐러리 냄새가 물씬 풍겼습니다. 저는 당신을 한 번도 만난 적도 없고 이름도 몰랐는데, 왜 그렇게 낯이 익었을까요? 오래 된 친구를 보듯 반갑고 포근했습니다. 친구를 통해 당신이 여성회관 관장님임을 알아냈습니다. 주소와 함께….

그리고 미국에 돌아가자마자 편지를 썼지요. 당신이 보내 주신 답장을 통해 우리가 동갑내기인 것을 알고 인연이 아니라 운명이라고 생각했습니다. 고맙고 황송하게도 저를 친구라 불러 주셨지요. 한국에 갈 때마다 친구의 부군께서 운영하시는 식당 '호박'에서 다시 한 번 맛있는 밥을 먹어야지 하면서도 뭐가 그리 바쁜지 아직 그렇게 하지 못하고 있습니다.

당신이 시작하신 일, '잘 살고 잘 마무리하고 잘 죽자'는 의미 깊고 소중한 회사 '이제야 비로소'는 잘 되어가고 있습니까? 제가 곁에 있을 수 있다면 청소라도 해드리고 싶은데, 이렇게 멀찌감치 떨어져 앉아 편지나 쓰고 있어서 면목 없습니다. 저의 친구가 되어 주신 것이 저에겐 큰 기쁨이고 영광입니다. 아주 오래 된 친구 같은 나의 가장 새로운 친구, 우리의 우정이 세상 끝날까지 이어지길 바랍니다.

나의 예쁜 새끼들아, 진주 이모에게 내가 할머니가 되고 싶은데 제발 빨리 결혼해서 아이들 주렁주렁 낳아서 할머니 좀 되게 해달라고 했더니 전에는 피식 웃어넘기던 아이가 이제는 뭐라고 하는 줄 아니? "엄마, 내가 아기를 낳으면 예빈이, 유빈이는 어떡해요? 그 애들 사진 사방팔방에 붙여놓고 중얼중얼하시는데 제가 어찌 방해를 하겠어요?" 하면서 능청을 떤다.

내 강아지들아, 사실은 진주 이모가 맞는 말을 했단다. 너희들은 나에게 참 특별하고 소중한 새끼 강아지들이란다. 갓난아이, 아니 엄마 뱃속에 들어 있을 때부터 너희들은 내 사랑을 몽땅 받았단다. 고맙게도 너희들의 엄마 아빠가 너희들을 나와 나누어 가져 주지 뭐니?

이모할머니가 일하는 가게에서도 손님들이 너희 사진을 보고 "손녀들이에요? 너무 예쁘네요"라고 물으면 얼른 그렇다고 대답한단다. 너희들이 전화로 "미국 이모할머니, 보고 싶어요. 빨리 오세요"라고 말하면 내가 얼마나 으쓱한지 모르지? 건강하고 예쁘고 영특하게 잘 자라라. 미국이모할머니 부대 1호 2호 강아지들아! 빨리 커서 미국이모할머니 집에서 여름방학을 보내자꾸나. 날마다 맛있는 쿠키 구워줄게. 안녕!

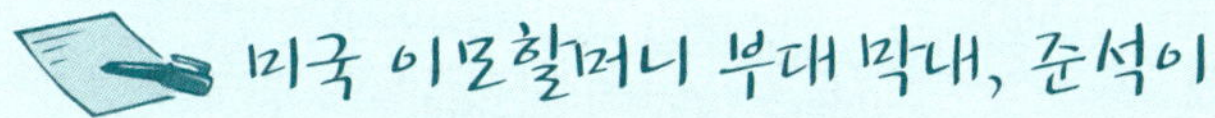

너는 아직 날 잘 모르지? 아니다. 어쩌면 너는 태어나기도 전부터 나를 알았을 수도 있겠다. 너의 아빠인 형아가 내 생각을 가끔은 했을 테니까 말이다. 준석아, 너는 너의 친할머니이신 성숙 언니한테는 보물덩어리다. 너의 아빠를 힘들게 낳아 혼자서 키우셨다는 걸 너도 나중에 알게 되겠지만, 많이 외로웠던 너의 아빠에게도 너는 하늘에서 사뿐히 내려와 앉은 천사이기도 하다.

엄마도 널 가졌을 때 많이 힘들었고 아홉 시간이나 진통을 겪은 후 널 낳았단다. 조각처럼 잘 생긴 너는 영락없는 너의 아빠다. 준석아, 너도 빨리 자라서 나를 미국이모할머니라 불러 주겠니? 예빈, 유빈, 담비, 예원이 뒤를 이어 아직은 가장 어린 너는 뒤꽁무니에 붙어 서서 미국 이모할머니 부대 행진을 하렴! 건강하고 근사한 신사로 자라나라. 무엇보다도 부모님과 할머니께 자랑스러운 아들 좋은 손자가 되어야지!

듬듬한 내 친구, 영동이

　　너는 아직도 기억하고 있더구나. 보길도에서의 일을…. 그 또한 우리에겐 바닷가 모래알만큼 많은 추억 중에 한 페이지가 되어 있구나. 넌 늘 든든한 버팀목 같은 친구였어. 언제 어디서나 손을 내밀면 얼른 잡아 주고, 아무리 어려운 일도 척척 박사처럼 해결해 주곤 했지. 한국에 가면 첫날 아버지 산소에 가야 하는데, 늘 기꺼이 데려다 주고 네 몸이 아플 때도 안 아픈 척, 바쁜 일이 있어도 한가한 척하면서 내 전용 운전사가 되어 주었지. 평택에 갈 때도 수원에 갈 때도 너는 기꺼이 내 운전기사가 되어 주었어. 이것을 보면 녹수장이 "나도 산소 데려다 주고 평택 데려다 줬어" 하겠지.

　　사실 내가 더욱 고맙게 생각하는 사람은 네가 아니란다. 토끼처럼 귀엽고 예쁜 너의 처, 재주도 무궁무진한 야무진 여인, 내가 언젠가 그녀에게 "내가 여자 동창인데도 그렇게 보내 줘요?" 그랬더니 "아이고, 제발 좀 데리고 가세요. 얼마든지, 무슨 일이든지 시켜 주세요" 그러더라.

　　너는 한 번쯤은 가슴에 손을 얹고 그 여인에 대해 생각해 볼 필요가 있어. 9남매 맏이에 가난하기까지 한 너한테 시집와서 군소리 없이 큰며느리, 형수, 큰동서 역할을 거뜬히 해냈지. 뿐만 아니라 날마다 직장 때문에 밖으로만 나도는 너 대신 혼자서 엄마 아빠 역할 다 해서 범식이, 현식이 잘 키워 주었지. 이제 가끔 손을 잡고 "젖은 손이 애처로워 살며시…" 부를 수 있으면 좋겠지만 그것은 좀 닭살이니 그냥 손을 잡고 "고마워, 수고했어!" 정도는 말할 수 있지 않겠니? 뭐? 이미 했다고? 언제 했는데? 범식 엄마한테 확인할 거다, 너!

고맙다. 늘 힘이 되어주고 길이 되어준 내 친구. 다음에 한국 가면 밥 좀 많이 해놓고 초대해라. 밥이 모자라서 식당에 가서 2차 먹었던 때처럼 하지 말고…

　　수많은 시간들이 우릴 남겨 두고 빛의 속도로 지나가고 말았다. 아이들이 엄마 아빠가 되면서 인정사정 없이 우리를 할머니로 승격시켜(?) 주었구나. 그런데 그렇게 흘러가 버린 세월 속에서 결코 잊은 적이 없는 고마운 일이 참 많기도 하다. 하지만 그 중에 가장 잊지 못할 일은 내가 네 신혼 초기에 널 찾아간 일이다.

　　네가 아이들 아빠와 연애 기간을 거쳐 결혼하고 영암 시댁에 들어가 살고 있을 무렵이었지. 시집살이가 힘들어서 너의 마음 고생이 말로 표현할 수 없었지만, 아이들 아빠에 대한 믿음과 사랑하는 마음 때문에 잘 견디며 살고 있었어. 그 무렵 우리 집은 여전히 가난했고, 막내 동생이 병명도 알 수 없는 병에 걸려서 병원에 입원해 있었지. 관절마다 염증이 생겨서 고름주머니를 떼어 내는 수술을 열세 번씩 받으면서 걸을 수도 없는 지경이 되었는데, 더 이상 병원비, 수술비가 없어서 병원 측에서는 치료도 수술도 해주지 않고 나가라고 하더구나.

　　해남에서 고교 시절 우리 선생님이셨던 분은 광주 조선 대학에서 교수로 계셨는데, 동생 이야기를 듣고 아예 저금통장을 주셨지. 그리고 사방팔방 다 돌아다니면서 돈을 얻기도 하고 빌리기도 해서 겨우겨우 병원비를 해결해 나가다가 더 이상 갈 곳이 없게 되었어.

그리고 치료를 받지 못한 동생의 관절에서는 고름이 줄줄 흐르고 있었지. 엄마는 울고만 계셨고 곁에서 지켜보던 나는 결혼한 지 3개월이 갓 지난 너에게 찾아갔었어. 미안하고 부끄럽고 비참하고, 정말 만감이 교차되었지만, 길이 보이지 않았어. 그런데 너는 두 말 없이 결혼반지를 빼주었지.

금은 영원히 있는 것이니 언젠가 다시 사면 되니까 동생부터 살리라고…. 집으로 돌아오는 버스에서 정말 많이 울었다. 그런데 네 남편, 지금은 고인이 된 김영복 님은 네가 친구에게 반지를 빼주었다고 하니까 "참 나는 자네가 부럽네. 그 소중한 결혼반지를 빼주고 싶은 친구가 있다는 것이 말이야. 잘했네. 반지는 다시 사면 되지"라고 하셨지.

그래서인지 네가 첫아이 수진이를 가졌을 때 광주 어느 산부인과에 근무하던 나를 찾아왔을 때, 기쁘고 고마웠다. 나도 너를 위해 무엇인가를 할 수 있는 기회가 생겨서 말야. 기억하니? 수진이가 태어난 날 무모하고 위험한 짓을 강행한 우리들을… 진료시간이 끝난 밤 시간에 의사선생님은 외출 중이었고, 네 진통을 보니 심상치 않았어.

의사선생님께 연락했더니 술을 많이 먹었으니 다른 병원으로 보내라는 거야. 그런데 너는 절대로 안 가겠다고 버티었고 내가 다른 간호사의 도움으로 수진이를 받아냈어. 그 일로 나는 그 병원에서 쫓겨날 뻔했지만 그 엄청난 일을 저질러 놓고도 기쁘기만 했던 우리들, 그 또한 추억이 아니겠니? 친구야, 나는 참 복도 많다. 정아, 우정의 한 소중한 면을 가르쳐 주어서 고맙다.

오래 오래 기억할게.

해남부대 용사들

아, 생각만 해도, 한 사람씩 한 사람씩 얼굴만 떠올려도 신바람이 나고 즐겁고 고마운 해남부대 용사들아! 내가 그렇게 이름을 지었다. 우리 모두 해남에서 태어나 성장했고, 학교에 다녔으니 적합한 이름이지? 우정을 키운 곳도 인생을 배운 곳도 바로 그곳 해남이니 말이다. 그 해남부대 친구들이 거의 모두 서울에서 적당히 자리잡고 살고 있으니 이제 서울부대가 된 것 같지만, 우리는 여전히 해남에서 빼래야 뺄 수 없는 뿌리가 박혔잖니?

내 미국 친구들은 어떻게 50년 이상을 연락을 끊지 않고 미국과 서울을 오가면서 살고 있는지 이해할 수는 없지만, 참 부럽다고 한단다. 그러나 우리는 어느 대중가요 가사에 나오듯이 "사랑한단 말은 없어도" 서로 아끼고 사랑하는 사이들이 아니니?

우리는 아직도 소녀시절로, 여고시절로 돌아가서 울고 웃으면서 서로 삐지기도 하고 흉도 보지만 하루도 못 가서 풀어지곤 하지. 나이가 들어갈수록 우리들의 우정의 소중함이 더해가고 있다. 나는 미국에 살고 있어서 낄 수도 없지만, 너희들은 매월 만나서 회비도 모아 친구들의 경조사에 동참하면서 우정을 키워가고 있으니 내가 얼마나 부러워하고 있는지 모른다. 한국으로 역이민을 갈 생각을 할 정도로 말이다.

내 딸 진주는 "우리 엄마는 이모들(친구들) 노래를 부르면서 산다"고 말하더라. 우리 모두 그 말이 숨길 수 없는 사실임을 잘 아는 것은 너희들도 날마다 친구 노래를 부르면서 살고 있잖니?

한국에 올 때마다 김과 멸치 킬러인 나를 위해 꺼멓고 못 생긴 여행 가방에 김과 멸치, 고춧가루, 깨 심지어는 참기름까지 꼭꼭 눌러서 넣어주는 친구. 나는 친정에 다니러 와서 닥치는 대로 훔쳐(?) 간다는 새댁처럼 미국으로 가지고 가서 맛있게 잘도 먹는다.

내가 올 때마다 우리 엄마 이불이며 잠옷 등을 사주는 친구들, 서울에 있는 동안 쓰라면서 돈 봉투를 건네주는 친구들, 가끔 대형사고를 쳐서 우리를 경악케 하는 한 친구를 도마에 올려놓고 실컷 칼질을 하다가도 딱하고 안쓰러운 마음에 돌아서서 다독거려 주는 친구들, 남편을 일찍 잃고 삼남매를 혼자서 키워낸 친구. 그 해남부대가 떼 지어서 미국 우리 집에 왔을 때 주위 사람들이 참 많이 부러워했다.

부모 자식 간에도 전화나 초대가 없으면 찾아갈 수 없는 사회가 미국이니 그럴 수밖에. 사실은 나도 굉장히 으쓱했다. 그렇게 찾아와 준 친구들아 고맙다. 너희들이 있어서 내 인생이 보람 있고 생각할 때마다 웃을 수 있단다. 고맙다. 내 인생에 있어 줘서, 아니 정확히 표현하자면 너희들 인생에 나를 끼워 줘서 말이다. 해남부대 용사들아! 파이팅!

내 쌍둥이 동생 동일이, 동복이

생각나니? 해남에서 같은 초등학교에 다닐 때 마주치면 씨익 웃으면서 모르는 사람처럼 지나치곤 했지. 학교 선생님들도 이웃사람들도 너희들이 엄마는 다르지만 아버지가 같은 우리 동생들임을 알았지. 어찌 숨기겠니? 동일이는 동욱이의 복사판, 동복이는 오빠의 복사판이니 그 누가 봐도 너희들은 우리 아버지 아들들이었지. 지금 생각할수록 미안한 것은 너희들을 미워했던 내 마음이다. 그땐 물론 어린 마음에 우리 엄마 속 썩은 일만 생각했지 너희들에게는 그 어떤 선택의 권리도, 기회도 없이 이 세상에 태어났다는 사실을, 그래서 너희들이 가장 큰 피해자라는 걸 생각하지 못했단다.

고맙다. 그래도 너희들은 누나, 큰형, 작은형 하면서 우릴 따랐지. 동일이가 어느 날 길을 가는데 아버지가 친구 분들과 함께 지나가시더라고 했지? "아버지~"라고 반갑게 부르고 싶었는데, 아버지가 친구들에게 창피한 마음에 야단치실 것 같아 고개를 돌리고 그냥 지나쳤다지? 내가 그 말을 들은 것은 아버지가 돌아가신 지 수년이 지난 후였단다. 그 시절을 생각하면 정말 너희들에게 미안하고 부끄럽다.

동복이는 뉴욕에 살면서 일주일이 멀다 하고 전화 걸어서 어머니 안부를 챙기고 있지. 따지고 보면 원망도 미움도 많으련만 그렇게 다정하게 대해 주니 고맙다. 누가 뭐래도 너희들은 내 동생들이고 우리 엄마, 아버지의 아들들이다. 우리 모두 맺힌 앙금 풀고 용서하고 웃으면서 그리 길지도 않은 인생 살아가자꾸나. 고맙다. 너희들이 내 동생들인 것이 기쁘다.